THÉATRE
EUROPÉEN.

IMPRIMERIE DE E. DUVERGER,
4, RUE DE VERNEUIL.

THÉATRE
EUROPÉEN

NOUVELLE COLLECTION

DES CHEFS-D'OEUVRE DES THÉATRES

ALLEMAND, ANGLAIS, ESPAGNOL,

DANOIS, FRANÇAIS, HOLLANDAIS, ITALIEN, POLONAIS,

RUSSE, SUÉDOIS, ETC.

AVEC DES NOTICES ET DES NOTES

HISTORIQUES, BIOGRAPHIQUES ET CRITIQUES

PAR MM.

J. J. AMPÈRE; le baron DE BARANTE, de l'Académie française; BERR; CAMPENON, de l'Académie française;
Philarète CHASLES; CHATELAIN; L. CHODSKO; COHEN; DEFAUCONPRET; DELATOUCHE;
A. DE LATOUR; DENIS; Émile DESCHAMPS; Ernest DESCLOZEAUX; Alexandre DUMAS; Léon GOZLAN;
GUIZARD; GUIZOT; DAMAS-HINARD; Jules JANIN; LEBRUN; LOÈVE-VEIMARS; MAGNIN;
SAINT-MARC GIRARDIN, X. MARMIER; MENNECHET; P. MÉRIMÉE; MERVILLE;
prince METSCHERSKY; NISARD; Charles NODIER, de l'Académie française; Amédée PICHOT;
comte DE RÉMUSAT; comte DE SAINT-AULAIRE; comte Alexis DE SAINT-PRIEST;
baron TAYLOR; TROGNON; VILLEMAIN, de l'Académie française;
Madame la duchesse D'ABRANTÈS; etc., etc.

Théâtre Anglais.

TROISIÈME SÉRIE.

TOME II.

PARIS

ED. GUÉRIN ET Cⁱᵉ, ÉDITEURS, RUE DU DRAGON, 30.

1835

LE MARIAGE

CLANDESTIN

(The clandestine Marriage)

COMÉDIE EN CINQ ACTES,

PAR D. GARRICK ET G. COLMAN.

NOTICE SUR LE MARIAGE CLANDESTIN.

Parmi les plus estimés de ces tableaux satiriques qui mériteraient au fameux Hogarth le nom du Molière des peintres, est la série des six scènes du *Mariage à la mode*. La première scène représente les apprêts d'un mariage conclu entre la fille d'un riche bourgeois et le fils d'un vieux pair d'Angleterre. Le père de la fiancée est un homme encore plus avare que vaniteux ; il accorde peu d'attention à l'arbre généalogique du futur, dont Hogarth fait sortir les racines des flancs bardés de fer de Guillaume-le-Bâtard ; mais il préfère examiner les titres de propriété territoriale que la dot est destinée à purger d'hypothèques. Le jeune lord est un fat très content de lui-même, très occupé de s'admirer dans la glace et jouant avec sa tabatière sans trop s'inquiéter de la jeune victime qui de son côté joue avec l'anneau matrimonial et prête l'oreille d'un air indifférent aux douces paroles d'un avocat conciliateur, M. Silvertongue (*langue d'argent*). A côté de ce groupe sont deux épagneuls accouplés contre leur gré, celui-ci tirant d'un côté, celui-là de l'autre, et offrant l'image symbolique du bonheur qui attend les deux époux [1].

Comme l'indique le prologue de Garrick, c'est dans cette scène d'Hogarth que les auteurs du *Mariage clandestin* auraient trouvé l'idée première de leur pièce ; mais il paraît que quelques années avant la représentation, il avait été joué au théâtre de Covent-Garden,

pour le bénéfice de M. Woodward, une de ces petites comédies que les Anglais appellent *farces*. Cette farce du révérend James Townley, ayant pour titre la *Fausse concorde*, n'avait pas été imprimée ; cependant les habitués du théâtre se souvinrent que le sujet était le mariage d'un noble ruiné avec la fille d'un marchand millionaire. Les trois personnages saillants étaient lord Lavender, vieux fat, M. Sudley, savonnier enrichi, et un valet impertinent qu'on crut reconnaître dans le *Mariage clandestin*, sous les noms de lord Ogleby, M. Sterling et Brush. Ce plagiat, si c'en était un, fit peu de bruit dans le temps ; mais il fut rappelé depuis, en 1801, par un M. Roberdeau qui avait épousé une petite-fille de M. Townley et qui, publiant un volume de pièces fugitives, trouva pour la mère de ses enfants une espèce de généalogie littéraire en la faisant descendre d'un auteur oublié. Ce que c'est que la gloire, je veux dire la vanité!

Maintenant, quand deux collaborateurs se sont associés pour une pièce de théâtre, c'est un devoir des commentateurs de désigner, autant que possible, la part de chacun ; la chose est ici moins difficile que dans la fraternelle association de Beaumont et Fletcher, le Castor et Pollux du théâtre anglais ; car on est d'accord généralement pour attribuer à Garrick les rôles fashionables du *Mariage clandestin*, lord Ogleby et sir John Melvil. Il n'y a pas de doute que Garrick dut travailler surtout le premier de ces deux rôles qu'il se réservait de jouer et qu'il ne céda qu'après quelques représentations à King qui, du reste,

[1] Les cinq autres scènes nous montrent les suites du mariage.

s'y fit, dit-on, applaudir presque autant que Garrick lui-même. Cependant l'auteur de la *Biographie Dramatique anglaise* raconte une anecdote qui, si elle était vraie, prouverait que Garrick ne mit guère que son nom à la pièce : — « Garrick, fait-on dire à Colman, avait composé deux actes qu'il m'envoya en me priant de les arranger, de les refaire ou d'en faire ce que je voudrais. Je profitai de la permission en les jetant au feu et j'écrivis la pièce tout entière. » Nous connaissons de notre temps cette manière de *refaire* les pièces d'un collaborateur ; mais il en résulte quelquefois des scènes tragiques et des procès qui fourniraient matière à un quatrième acte du *Critique* de Shéridan.

Quoi qu'il en soit des secrets de la collaboration des deux auteurs qui imprimèrent tous les deux sans contestation le *Mariage clandestin* dans leurs œuvres, la pièce obtint un immense succès qui s'est continué longtemps, car on la joue encore aujourd'hui quelquefois, et j'ai vu à Londres un excellent comique, Farren, faire rire aux larmes dans le rôle du vieux lord Ogleby, rôle qui appartient un peu à la caricature d'un autre temps, mais qu'avec quelques modifications un bon acteur peut heureusement *rajeunir*. Tel qu'il fut créé par Garrick, lord Ogleby était, à ce qu'il paraît, le type parfait du *ci-devant jeune homme* anglais, en 1765, si bien que plusieurs seigneurs, derniers débris de la noblesse galante du règne de Georges Ier, s'y reconnurent, ou plutôt furent cités pour avoir posé sans le savoir devant le grand comédien de l'Angleterre. Farren dans lord Ogleby ne recule pas non plus devant un peu de satire personnelle. Londres a ses vieux dandys comme toujours, et comme Paris avait les siens lorsqu'un de nos auteurs les plus spirituels, M. Merle, créa pour Potier le type si amusant de M. Boissec (dans *le Ci-devant jeune homme*).

Les autres personnages comiques du *Mariage clandestin* ne sont guère inférieurs à lord Ogleby ; mais ce sont de ces figures qui ont aussi besoin du masque d'un bon comédien pour produire tout leur effet. On ne peut que les deviner à la lecture, d'autant plus que ce n'est pas ici une de ces comédies remarquables par le style, où les tics ridicules, le jargon particulier, et en un mot tout ce qui constitue *l'humour* des personnages, ont inspiré la verve des auteurs. Nous sommes bien loin du style pétillant et original de Congrève ; il faut nous contenter d'un langage simple qui sent même un peu le lieu commun. Cependant M. Sterling est bien le franc marchand de la cité, tout à l'argent et au commerce, et mistress Heidelberg, sa sœur, a quelque chose de la morgue plaisante qui distingue miss Bridget Allworthy. Quelques traits de ce caractère attesteraient, au besoin, sans citer la *Femme jalouse*, que Colman avait bien profité de l'étude de *Tom Jones*, délicieux chef-d'œuvre qui a inspiré plusieurs bonnes comédies en France comme en Angleterre.

Quant à l'intrigue du *Mariage clandestin* elle n'est plus neuve aujourd'hui, mais elle conserve son intérêt romanesque et le mérite d'un dénouement bien amené.

Malgré la ressemblance des titres, le *Mariage secret* du Théâtre Français ne doit pas grand' chose au *Mariage clandestin*. Desfaucherets, l'auteur du *Mariage secret*, connaissait cependant l'œuvre de Colman et de Garrick. Sa pièce eut le bonheur d'être jouée par mademoiselle Contat et par Molé, qui firent monter aux nues le succès d'une comédie d'ailleurs très ordinaire ; aussi la courtisanerie du temps trouva à Desfaucherets un collaborateur redoutable ; on répétait complaisamment que MONSIEUR, comte de Provence, qui fut depuis S. M. Louis XVIII de classique mémoire, était pour moitié dans le *Mariage secret*, ou même que Desfaucherets n'était que le prête-nom du prince littérateur. Desfaucherets s'est toujours défendu de cette flatteuse collaboration ; mais l'Altesse Royale n'était pas fâchée quand on venait lui dire que la *discrétion* de monsieur Desfaucherets faisait le plus grand honneur à son esprit. Le bruit courut qu'une aventure arrivée à madame de Balbi avait fourni, en partie, l'idée du *Mariage secret* ; or madame de Balbi appartenait à MONSIEUR... C'était un contingent comme un autre.

Les dilettanti en musique ont une obligation plus directe au *Mariage clandestin* de Garrick et Colman. C'est le fond du *libretto* du *Matrimonio segreto*, sur lequel Cimarosa a composé ce chef-d'œuvre que l'empereur d'Allemagne voulut entendre deux fois de suite dans la même soirée. J'ai compris qu'on pouvait regretter de n'être pas empereur d'Allemagne, le soir où j'entendis à la salle Favart le *Matrimonio segreto*, chanté par David et Lablache.

La traduction du *Clandestine marriage* est due au traducteur de la *Duenna*.

La double biographie de Colman et de Garrick serait trop longue pour figurer en tête de cette œuvre, commune à deux auteurs dont la collection du *Théâtre Européen* doit contenir au moins une pièce encore.

AMÉDÉE PICHOT.

LE MARIAGE

CLANDESTIN,

COMÉDIE.

PERSONNAGES.

Lord OGLEBY.
Sir JOHN MELVIL, son neveu.
STERLING, riche négociant.
LOVEWELL, marié secrètement avec
  miss Fanny.
CANTON, suisse au service de lord Ogleby.
BRUSH, valet de chambre de milord.
FLOWER, \
TRAVERSE, } avocats et procureurs.
TRUEMAN, /

Mistress HEIDELBERG, sœur de Ster-
  ling.
Miss STERLING.
FANNY, sa sœur.

BETTY, servante.
Une femme de chambre.
TRUTTY, femme de charge.
Laquais de milord et de M. Sterling.

La scène se passe à la maison de campagne de M. Sterling.

PROLOGUE

COMPOSÉ PAR GARRICK.

Les poètes et les peintres, qui prennent leurs meilleurs et leurs plus riches sujets dans la nature, sont convenus entre eux que chacun assisterait son confrère en bon voisin, et qu'il leur serait permis de faire des larcins réciproques. Votre incomparable Hogarth a donné l'idée que vous allez voir transportée de sa toile au théâtre. Eh! qui pouvait mieux enflammer l'imagination du poète que celui dont le pinceau moral peignit si bien les hommes? Mais, quoiqu'ils aient travaillé l'un et l'autre dans le même but, néanmoins leurs personnages et leurs scènes diffèrent; chacun d'eux a suivi une route particulière et s'est servi de moyens opposés. Leur objet commun était de peindre un de ces mariages à la mode, où la noblesse, s'alliant avec la bourgeoisie, ne rougit pas de vendre un sang illustre au poids de l'or, et où l'honorable négociant, oubliant son avarice,

joue son bonheur contre l'orgueil d'un vain titre.

Le peintre n'est plus et son art charme toujours mes yeux. Tant que l'Angleterre existera, sa gloire ne peut mourir. « Celui qui s'agite une heure sur la scène [1] » peut se flatter à peine d'étendre sa renommée audelà d'un demi-siècle; ni la plume ni le pinceau ne peuvent sauver l'acteur d'un mortel oubli; l'art et l'artiste partagent le même tombeau.

Ah! laissez-moi répandre une larme de reconnaissance sur le tombeau du pauvre Jean Falstaff et sur le cercueil de Juliette. C'est à vous de rendre témoignage de leur talent; ce n'est que dans votre cœur que peut se perpétuer leur mémoire. Le temps, qui entraîne avec lui les différentes scènes de la

[1] Citation de Shakspeare.

vie, efface peu à peu les impressions les plus profondes de l'art. Vos enfants ne pourront connaître les émotions que vous avez éprouvées ; ils auront leurs Quins et leurs Cibbers.

La plus grande gloire du petit nombre de vos acteurs favoris est celle d'être compris et applaudis par vous.

ACTE PREMIER.

SCÈNE I.

Le théâtre représente une salle dans la maison de Sterling.

FANNY, BETTY.

BETTY, *en courant.*

Madame ! miss Fanny ! madame !

FANNY.

Qu'y a-t-il, Betty ?

BETTY.

Ah ! madame ! comme il est vrai que j'existe, voici votre mari.

FANNY.

Chut, ma chère Betty ! si quelqu'un de la maison t'entendait, je serais perdue.

BETTY.

Miséricorde ! la peur m'a bouleversé tout le cœur. — Mais, comme je disais, madame, voici ce cher, ce bon...

FANNY.

Prends garde ! Betty.

BETTY.

Seigneur Dieu ! je suis ensorcelée, je crois ; mais, comme je disais, madame, M. Lovewell arrive à l'instant de Londres.

FANNY.

En vérité !

BETTY.

Oui, en vérité ! en vérité, c'est lui ! je l'ai vu traverser la cour encore tout botté.

FANNY.

Je suis charmée de l'apprendre ; mais tu sais que nous sommes convenues de ne jamais prononcer ce mot-là, de peur de quelque malheur.

BETTY.

Ma chère madame, comptez sur moi ; il n'y a pas au monde une créature plus circonspecte, quoique ce soit moi qui le dise. Je suis discrète comme la tombe, et s'il n'y a que moi qui dévoile votre secret, il peut rester inconnu jusqu'au jugement dernier.

FANNY.

Je sais que tu es fidèle ; mais, dans notre position, nous ne pouvons être trop prudentes.

BETTY.

Vous avez raison ; cependant je vous jure qu'un secret donne plus de peine que de plaisirs, surtout si on ne peut le confier à quatre ou cinq personnes de sa connaissance particulière.

FANNY.

Garde-le seulement encore quelques jours, et tu pourras ensuite en parler à tout le monde. — M. Lovewell doit, aussitôt que possible, tout dire à ma famille.

BETTY.

Le plus tôt sera le mieux, je crois ; sinon il pourrait bien venir un petit indiscret qui le dirait pour lui.

FANNY, *rougissant.*

Fi donc ! Betty.

BETTY.

Ah ! vous pouvez bien rougir ; mais ce n'est pas pour rien que vous êtes si pâle ; et vos maux de cœur...

FANNY.

Assez, Betty ! ou je vais me mettre tout-à-fait en colère contre vous.

BETTY.

En colère, madame ! — Ce cher petit marmot ! je suis certaine de l'aimer comme s'il était le mien. Je n'y vois aucun mal, Dieu le sait.

FANNY.

Bien ; pas un mot de plus ; — cela me fait de la peine. — Tout ce que j'ai à te demander, c'est d'être fidèle et discrète, c'est d'attendre, pour révéler ce que tu sais, que nous l'ayons découvert nous-mêmes à la famille.

BETTY.

Moi ! le révéler ! — Si je dis un mot, je veux être fouettée. Je ne voudrais pas vous faire tort pour le monde entier. — Et quant à M. Lovewell, je l'aime, voyez-vous, depuis la place de commis aux douanes qu'il a fait obtenir à mon frère. — Mais que je vous donne un conseil à tous les deux : Il faut renoncer à ces tendres regards que vous arrêtez l'un sur l'autre, à vos chuchotements, à vos œillades, à votre place à côté l'un de l'autre à dîner, et enfin aux longues promenades que vous faites ensemble le soir. — Pour moi, si je n'avais pas été dans le secret, je vous aurais reconnu pour deux amoureux au moins, sinon pour mari et femme.

FANNY.

Vois! je t'y prends encore. Je t'en supplie, sois prudente.

BETTY.

Bien, — bien; — personne ne m'entend. Oui, mari et femme. — Je ne le dirai plus; — mais ce que je vous dis n'en est pas moins vrai pour cela.

LOVEWELL, *appelant de dehors.*

William!

BETTY.

Ah! j'entends votre mari.

FANNY.

Encore!

BETTY.

Je dis que voilà M. Lovewell. — Rappelez-vous mon avis. — Je veux être fouettée si vous n'êtes pas la première personne de la famille qu'il voie ou à qui il parle. Cependant, si vous l'aimez mieux ainsi, cela m'est tout un à moi. — Comme vous semez, vous recueillerez; — comme vous pétrissez votre pain, vous le mangerez. — Je vais même me glisser tout doucement par l'escalier dérobé, afin de vous laisser ensemble.

(Elle sort.)

FANNY.

Je le vois, oui, je le vois bien, je n'aurai jamais un moment de repos que notre mariage ne soit public. Chaque jour ce sont nouvelles contrariétés, nouvelles inquiétudes; je perds tout mon courage avec ma santé; je suis trop malheureuse; oui, il faut que tout soit révélé, quelles qu'en soient les suites.

(Entre Lovewell.)

LOVEWELL.

Mon amour! — Eh! quoi? — tout en larmes! Ah! c'en est trop; vous m'aviez promis plus de courage et de patience jusqu'à ce que notre sort soit fixé. Pour mon bonheur, pour le vôtre, soyez plus calme! Voudriez-vous ajouter encore à notre inquiétude, à notre perplexité?

FANNY.

Oh! monsieur Lovewell, ma situation devient chaque jour plus délicate. J'erre dans cette maison comme une coupable; il me semble que j'excite les soupçons de toute la famille, et je suis sans cesse poursuivie par la peur de me trahir.

LOVEWELL.

En vérité vous avez tort, ma chère Fanny. L'aimable délicatesse de votre caractère et votre vive sensibilité ne servent qu'à vous rendre malheureuse. — Une unique pensée m'occupe; c'est de trouver l'occasion favorable de révéler notre union à M. Sterling. Jusqu'ici tout va bien, et je ne doute pas que nous ne puissions tout terminer à la satisfaction de votre père et de toute la famille.

FANNY.

Quoi qu'il puisse arriver, je ne voudrais pas vivre encore une semaine dans ces angoisses... non, pour rien au monde.

LOVEWELL.

Ne soyez pas non plus trop impatiente. N'allons pas troubler, par la scène de nos aveux, le mariage de votre sœur. Je suis porteur de lettres de milord Ogleby et de sir John Melvil pour M. Sterling; ils seront ici ce soir, peut-être même dans une heure.

FANNY.

Tant pis, Lovewell.

LOVEWELL.

Et pourquoi?

FANNY.

Peu importe. — Seulement, découvrons notre mariage à l'instant même.

LOVEWELL.

Le plus tôt possible.

FANNY.

Non, immédiatement.

LOVEWELL.

Dans peu de jours, comptez sur moi.

FANNY.

Ce soir, — ou demain matin.

LOVEWELL.

Mais cela ne sera pas praticable, je le crains.

FANNY.

Mais il le faut.

LOVEWELL.

Il le faut! pourquoi?

FANNY.

Il le faut, Lovewell; j'en ai les raisons les plus alarmantes.

LOVEWELL.

Alarmantes, j'en conviens! car elles commencent à m'alarmer, même avant que vous me les ayez fait connaître. Parlez, Fanny!

FANNY.

Je ne puis.

LOVEWELL.

À moi?

FANNY.

Maintenant, non, Lovewell; mais notre secret connu, vous apprendrez tout.

LOVEWELL.

Triste de cette arrivée! — Il faut tout découvrir! — Que peut signifier tout cela? quelles raisons pouvez-vous avoir qui doivent m'être cachées?

FANNY.

Ne vous tourmentez point par de vaines conjectures; mais soyez persuadé que, bien que vous n'en puissiez deviner la cause, quelles que soient les conséquences d'un aveu immédiat, elles ne peuvent être plus funestes pour nous qu'une plus longue dissimulation.

LOVEWELL.

Vous me mettez à la torture. Il n'est rien que je ne fasse pour votre repos ;—mais vous connaissez le caractère de votre père.—L'argent, excusez ma franchise, est le ressort de toutes ses actions ; l'idée seule d'acquérir de la noblesse et de l'illustration peut le lui faire oublier un instant ; or, il croit pouvoir en acheter avec son argent. Vous connaissez votre tante, mistress Heidelberg, son engouement pour la vie du grand monde, son mépris pour tout ce qui ne sent pas ce qu'elle appelle la qualité, et vous savez aussi qu'au moyen de l'immense fortune laissée entre ses mains par la mort de son mari, elle exerce un empire absolu sur M. Sterling et toute la famille. Qu'ils viennent maintenant à connaître cette affaire d'une manière trop brusque, les voilà peut-être irrités sans espoir de conciliation.

FANNY.

Mais si ce n'est pas de nous qu'ils l'apprennent, ce sera cent fois pis, et chaque jour augmente notre danger d'être découvert. La famille entière soupçonne depuis long-temps notre affection ; nous sommes en outre à la merci d'une servante étourdie, et si nous pouvons compter sur sa fidélité, pouvons-nous répondre de sa discrétion ? Avouez donc tout ; prévenons quelque fâcheux accident qui ne ferait que nous jeter dans de nouveaux embarras.

LOVEWELL.

Vous avez raison, Fanny ; mais la précipitation a aussi ses dangers. J'ai plus d'une fois sondé M. Sterling sur ce chapitre et je le ferai plus sérieusement encore à la première occasion. Mais voici mes principales espérances. Ma parenté avec lord Ogleby, et la place qu'il me fit obtenir chez votre père, ont été, vous le savez, le premier lien des deux familles ; cela me met aujourd'hui en grande faveur auprès de toutes les parties. Tandis qu'ils sont encore bien disposés pour moi, je veux exposer notre situation au vieux lord, et, si je peux obtenir sa médiation, je ne doute pas qu'il ne réussisse à apaiser votre père ; et comme lord et homme de qualité, je suis certain qu'il pourra toujours remettre mistress Heidelberg de bonne humeur. Je vous en supplie donc, un peu de patience ; nous touchons, vous le voyez, à un dénouement heureux.

FANNY.

Arrangez tout pour le mieux. Je me laisse persuader.

LOVEWELL.

Mais en attendant, soyez tranquille.

FANNY.

Tranquille, comme je peux l'être, je tâcherai. Mais il vaut mieux ne pas demeurer plus long-temps ensemble. Pensez à votre promesse, et instruisez-moi de votre succès.

LOVEWELL.

Comptez sur ma sollicitude ; mais promettez-moi d'être gaie.

FANNY.

Je vous le promets.

(M. Sterling entre comme elle sort.)

STERLING.

Jour de ma vie ! qui avons-nous là ?

FANNY, confuse.

M. Lovewell, monsieur.

STERLING.

Et où alliez-vous, petite folle ?

FANNY.

Dans la chambre de ma sœur, monsieur.

(Elle sort.)

STERLING.

Ah ! Lovewell ! Quoi ! toujours à causer dans quelque coin avec cette petite fille !—Bon, —bon.—Mais que son aînée soit une fois mariée en bonne forme à sir John Melvil, et nous procurerons à Fanny un bon mari. comptez sur moi.

LOVEWELL.

Si vous voulez, monsieur, j'en aurais un à vous recommander.

STERLING.

Vous-même !—eh ! Lovewell ?

LOVEWELL.

Avec votre bon plaisir, monsieur.

STERLING.

Oh ! parfait.

LOVEWELL.

Et je me flatte, monsieur, que cette proposition n'aurait rien qui fît peine à miss Fanny.

STERLING.

De mieux en mieux.

LOVEWELL.

Et si je pouvais seulement obtenir votre consentement...

STERLING.

Quoi ! vous, épouser Fanny !—Non,—non ; cela ne se pourra jamais, Lovewell.—Vous êtes un brave garçon, d'accord ;—je vous estime beaucoup,—mais je ne peux jeter les yeux sur vous pour mon gendre ; — il vous manque quelque chose pour cela, Lovewell !

LOVEWELL.

Je ne puis prétendre en effet à une grande fortune ; mais sans être riche, je suis du moins au-dessus de la pauvreté.—Qui plus est, je puis espérer en mon travail ;—j'aurais pour moi l'amour, l'honneur.

STERLING.

Et pas de sonnant, Lovewell. — Ajoutez un petit zéro tout rond à la somme totale de votre fortune et ce sera la plus belle chose que vous puissiez me dire. Vous savez que je vous estime ; — que je ferai tout pour vous être utile, — tout sur le pied de l'amitié, — mais...

LOVEWELL.

Si vous me jugez digne de votre amitié, monsieur, soyez persuadé qu'en aucune occasion je ne saurais y répondre avec plus de gratitude.

STERLING.

Bah ! bah ! c'est une autre chose, vous le savez. Quand il s'agit d'argent et d'intérêts, l'amitié est tout-à-fait hors de la question.

LOVEWELL.

Mais quand il y va du bonheur d'une fille, vous n'hésiterez pas, monsieur, à sacrifier quelque chose à son inclination.

STERLING.

Inclination ! Ne voudriez-vous pas me persuader que cette enfant est amoureuse de vous, — eh ! Lovewell ?

LOVEWELL.

Je ne puis précisément répondre pour miss Fanny ; mais je sais que le bonheur ou l'infortune de ma vie entière dépend entièrement d'elle.

STERLING.

Eh bien ! en effet, si votre parent, lord Ogleby, pouvait se décider à faire pour vous quelque chose... Mais non, c'est impossible. — Non, non ; cela n'ira jamais. — Je ne dois plus en entendre parler. — Voyons, Lovewell, promettez-le-moi.

LOVEWELL, *hésitant.*

J'aurais peur, monsieur, de ne pouvoir tenir ma parole si je vous la donnais.

STERLING.

Certes, vous n'oseriez l'épouser sans mon consentement, eh ! Lovewell !

LOVEWELL, *confus.*

L'épouser, monsieur ?

STERLING.

Oui, l'épouser, monsieur ! — Je sais qu'un ou deux beaux discours d'un jeune damoiseau de votre espèce feraient, auprès d'une jeune folle déjà toute persuadée, plus que vingt sermons de père et mère, oncle et tante. Mais vous ne le voudriez pas, j'en suis sûr ; vous ne seriez pas assez vil, assez fourbe, assez criminel, vous, jeune homme, pour séduire les affections de ma fille et détruire ainsi le repos de ma famille. — Je dois exiger de vous votre parole de ne pas l'épouser sans mon consentement.

LOVEWELL.

Monsieur, — je... je... — Quant à cela, — je... je vous confesse, monsieur... — oui, monsieur ; je vous prie de m'excuser si je ne vous réponds pas à présent.

STERLING.

Promettez-moi donc que vous n'irez pas plus loin sans mon approbation.

LOVEWELL.

Vous pouvez être sûr, monsieur, que je n'irai pas plus loin.

STERLING.

Fort bien ; — à merveille ; — cela me suffit. — Je prendrai soin du reste ; — comptez sur moi. — Allons, allons ! qu'il ne soit plus question de ce verbiage. — Que fait-on en ville ? Quelles nouvelles du change ?

LOVEWELL.

Rien d'important.

STERLING.

Avez-vous vu les raisins secs, le savon et le Madère en sûreté dans les magasins ? Avez-vous vérifié les marchandises avec le connaissement et le certificat d'entrée ? — Tout est-il en ordre ?

LOVEWELL.

Tout est en ordre, monsieur.

STERLING.

Et où en sont les fonds ?

LOVEWELL.

Tombés d'un et demi ce matin.

STERLING.

Bien ! bien ! — Quelques bonnes nouvelles d'Amérique, et les voilà en hausse de nouveau. — Mais comment se portent lord Ogleby et sir John Melvil ? Quand devons-nous les attendre ?

LOVEWELL.

D'un instant à l'autre, monsieur. Je viens exprès vous faire savoir leurs intentions. Voilà des lettres de tous les deux.

STERLING.

Voyons, — voyons. — Peste ! comme la lettre de sa seigneurie est parfumée ! j'ai peine à respirer. (*l'ouvrant.*) Et du papier français aussi, très gracieusement encadré de fleurs et d'ornements, avec un vernis glacé qui vous éblouit ! « Mon cher monsieur Sterling. » (*lisant.*) Miséricorde ! sa seigneurie écrit plus mal qu'un écolier des basses classes ! — Mais comment cela ? — Eh ! — « Vous saluer ce soir. » — (*lisant.*) « Demain matin les avocats. » — Ce soir ! — C'est très soudain, en vérité. — Où est ma sœur Heidelberg ? Elle doit en être instruite immédiatement. Holà, John ! Harry ! Thomas ! — Écoutez, Lovewell !

LOVEWELL.

Monsieur.

STERLING.

Sachez maintenant comme je veux traiter Sa Seigneurie et sir John. — Nous montrerons à vos messieurs de l'autre bout de la ville comme nous vivons dans la cité. — Ils mangeront de l'or, ils boiront de l'or, ils coucheront dans l'or. — A moi, cuisiniers, sommeliers! (*appelant.*) Que signifient la naissance, les titres, l'éducation! — L'argent! l'argent! — les espèces sonnantes! voilà ce qui fait le grand homme et le grand seigneur dans ce pays!

LOVEWELL.

Oh! c'est bien vrai, monsieur.

STERLING.

Si c'est vrai! — Eh bien! donc, finissez-en avec vos rêves d'amour et de mariage; vous n'êtes pas assez riche encore pour penser à une femme. Un négociant ne doit avoir d'autre idée que celle du commerce. — Mais où sont ces drôles? — John! Thomas! (*Il appelle.*) — Gagnez une fortune, et une femme viendra toute seule. Ah! Lovewell! un négociant anglais est le caractère le plus respectable au monde. Sur mon ame! jeune homme, un négociant anglais peut devenir un parti pour la fille d'un nabab. — Où sont ces fainéants? — Ici William! William!

(*Il sort.*)

LOVEWELL.

Je ne le prévoyais que trop, il ne voudra jamais entendre parler de ce mariage! — Quel parti prendre? — Voyons! — si j'obtenais de sir Mélvil qu'il s'intéressât à moi dans cette affaire; il en parlerait à lord Ogleby plus facilement que moi, et il obtiendrait plutôt son intervention. Je puis d'ailleurs m'ouvrir plus librement à sir John; ne m'a-t-il pas dit, quand je l'ai laissé en ville, qu'il avait quelque chose d'important à me communiquer et que je pourrais lui être utile? Ah! tant mieux, car sa confiance en moi, et le service que je puis lui rendre, m'assurent de ses bons offices. Pauvre Fanny! je souffre de la voir dans cet état, et mon anxiété s'accroît du secret qu'elle garde. — Il faut tenter quelque chose pour elle; et à tout événement, faire cesser son incertitude.

SCÈNE II.

Le théâtre représente un autre appartement.

Entrent MISS STERLING *et* MISS FANNY.

MISS STERLING.

Oh! ma chère sœur, n'en dites pas davantage! — C'est une hypocrisie toute claire; — vous ne me convaincrez jamais que je n'excite pas extraordinairement votre envie. — Mais, après tout, cela est bien naturel, — il est impossible de vous en vouloir.

FANNY.

Certes, ma sœur, vous n'en avez aucune raison.

MISS STERLING.

Et vous prétendez de bonne foi ne pas me porter envie?

FANNY.

Pas la moindre.

MISS STERLING.

Et vous ne désirez pas le moins du monde vous trouver dans une situation semblable?

FANNY.

Non, en vérité, je ne le désire pas. Et pourquoi le désirerais-je?

MISS STERLING.

Pourquoi le désirer! Eh quoi! à la veille d'un mariage qui va me donner la fortune et des titres! Mais j'oubliais, — cette chère et douce créature, M. Lovewell! — Vous ne voudriez pas manquer de foi à ce fidèle adorateur, pour tout l'or du monde, n'est-ce pas?

FANNY.

M. Lovewell! — toujours M. Lovewell! Bon Dieu! qu'a de commun M. Lovewell avec tout ceci, ma sœur?

MISS STERLING.

Jolie petite boudeuse! oh! ma chère sœur, ma grave et romanesque sœur! parfait philosophe en jupon! L'amour et un ermitage! — eh! Fanny. — Ah! pour moi, j'aime mieux l'indifférence et un carrosse à six chevaux!

FANNY.

Et pourquoi pas le carrosse à six chevaux sans l'indifférence? — Mais, je vous en prie, à quand la célébration de votre heureux mariage?

MISS STERLING.

Dans un jour ou deux; je ne puis le dire exactement. Oh! ma chère sœur! — (*à part.*) Je veux la mortifier un peu. — (*haut.*) Je connais votre bon goût: voyons, donnez-moi votre opinion sur mes bijoux. — Comment trouvez-vous cet *esclavage?*

FANNY.

Ravissant, de très bon goût.

MISS STERLING.

Bien; et ces bracelets? J'aurai sur l'un la miniature de papa encadrée de diamants, et sur l'autre sir John. Et cette paire de boucles d'oreilles montées à jour! Ici, voyez-vous, les boutons peuvent se détacher pour être portés séparément le matin ou en déshabillé. — Sont-ils de votre goût?

FANNY.

Tout-à-fait, je vous assure. — Mon Dieu, ma sœur, vous avez une quantité prodigieuse de pierreries. — Vous serez vraiment la reine des diamants.

MISS STERLING.

Ha! ha! ha! bravo, ma chère! — Je serai belle comme une petite reine, en vérité. — J'attends demain un bouquet formé de diamants, de rubis, d'émerandes, de topazes, d'améthystes, — en un mot des pierreries de toutes les couleurs, le vert, le rouge, le bleu, le jaune mélangés, — ce que vous aurez vu de plus joli dans toute votre vie. Le joaillier dit que j'aurai autant de diamants que personne dans la capitale, excepté lady Brillant et Polly, comment l'appelez-vous? les maîtresses en titre de lord Squander?

FANNY.

Mais quelle robe de noces avez-vous choisie, ma sœur?

MISS STERLING.

Mon Dieu, blanc et argent, cela va sans dire. Je l'ai achetée chez sir Joseph Lutestring et je suis demeurée assise plus d'une heure dans l'arrière-magasin, à consulter lady Lutestring sur les étoffes d'or et d'argent, dans le seul but de la mortifier.

FANNY.

Fi donc ma sœur!

MISS STERLING.

Oh! je ne puis endurer l'orgueil des grandes dames de vos chevaliers parvenus de la cité. — Avez-vous jamais remarqué les airs de lady Lutestring, vêtue du plus riche brocard sorti de la boutique de son mari, risquant ses trois shellings au whist dans le salon des merciers, tandis que son courtois époux, coiffé de sa grosse perruque semblable à un tilleul fraîchement taillé, et avec des souliers si luisants qu'on s'y mire, se tient tout le jour dans sa boutique, cloué à son comptoir comme un mauvais shelling?

FANNY.

En vérité, ma sœur, en vérité c'est trop fort. Si vous parlez sur ce ton, vous allez devenir la fable de la cité, et je vous conseille de ne plus vous hasarder au-delà de Temple-bar.

MISS STERLING.

Aussi n'en ai-je pas l'envie. — Jamais, ma chère Fanny, je vous le promets. — Oh! com- bien j'aspire à me voir transportée dans les régions chéries de Grosvenor-square, — loin, bien loin des sombres parages d'Aldersgate, Cheap, Candlewick et Farringdon, intrà et extrà muros. — Mon cœur bat à la seule idée de ma présentation à la cour! — Équipage doré! — chevaux pommelés! — laquais ga- lonnés! Et les murmures qui parcourent le cercle : — « Qui est cette jeune dame? qui est-elle? — Lady Melvil, madame! » — Lady Melvil! mes oreilles tintent à ce seul nom, — Et puis, à table, au lieu d'entendre cette éter-

nelle question de mon père : — Quelle nou- velle? où en sont les changes? c'est moi, qui m'écrie : Eh bien! sir John, a-t-on quelque nouvelle d'Arthur? Ou bien je m'adresse à quelque autre femme de qualité : Votre Sei- gneurie se trouvait-elle à la dernière soirée de la duchesse de Rubber? Étiez-vous chez lady Thunder? Je vous jure que dans cette foule immense je ne vous ai pas vue. — Il n'y avait pas une ame à l'opéra samedi dernier. — Vous verra-t-on mardi à Carlisle-House? — Oh! j'étais née pour la sphère du grand monde.

FANNY.

Ainsi, au milieu de toute cette félicité, vous n'avez pas compassion de moi, — point de pitié de nous autres pauvres mortels, con- damnés à la vie bourgeoise.

MISS STERLING, avec affectation.

Vous? — mais vous êtes au-dessus de ma pitié. — Vous ne changeriez pas votre con- dition pour la mienne! — D'ailleurs si vous parvenez à vous unir à M. Lovewell, comme je n'en doute pas, vous mènerez une vie très comfortable, je vous assure. Il s'occupera de ses affaires; — vous vous livrerez tout en- tière au soin délicieux de votre famille, — et une fois l'an, peut-être, vous prendrez place ensemble dans une loge publique, un jour de représentation à bénéfice, comme nous faisions chez notre maître de danse, vous rappelez- vous? — Peut-être aussi vous rencontrerai-je l'été à Tunbridge prenant les eaux dans la compagnie d'autres dames de la cité. De mon côté j'aurai toujours les égards dus à des parents, et, soyez-en certaine, ma protection ne vous manquera jamais.

FANNY.

Oh! vous êtes trop bonne, ma sœur!

(Entre mistress Heidelberg.)

MISTRESS HEIDELBERG, en entrant.

Ici ce soir! Sur ma foi! je proteste que nous manquerons de temps pour tout préparer. — (à miss Sterling.) Oh! ma chère, je suis charmée de ne pas vous trouver dans un déshabillé complet. Lord Ogleby et sir John Melvil seront ici ce soir.

MISS STERLING.

Ce soir! ma tante.

MISTRESS HEIDELBERG.

Oui, ma chère, ce soir. — Dépêchez-vous de mettre un bonnet plus coquet, et changez vos manchettes de tous les jours! Bon Dieu! j'ai tant d'affaires sur les bras, j'aurai à peine le temps de passer ma robe de taffetas d'Ita- lie. — Où est cette sotte de femme de charge? (Entre miss Trusty.) Allons donc, dégourdissez- vous, Trusty! Vous a-t-on dit que nous at- tendions des gens de qualité pour ce soir?

TRUSTY.

Oui, madame.

MISTRESS HEIDELBERG.

Fort bien.—Etes-vous sûre maintenant que tout est arrangé de la manière la plus comme il faut pour faire honneur à la famille?

TRUSTY.

Oui, madame.

MISTRESS HEIDELBERG.

Maintenant écoutez bien ce que je vais vous dire.

TRUSTY.

Oui, madame.

MISTRESS HEIDELBERG.

Sa Seigneurie couchera dans la chambre meublée à l'Indienne, — entendez-vous? — et sir John dans la chambre bleue damassée. — Le valet de chambre de Sa Seigneurie dans l'appartement opposé.

TRUSTY.

Mais M. Lovewell est arrivé, — et vous savez que c'est là sa chambre, madame.

MISTRESS HEIDELBERG.

Bien, bien, M. Lovewell s'arrangera comme il pourra, ou ira coucher au cabaret de Saint-Georges... Mais écoutez, Trusty.

TRUSTY.

Madame!

MISTRESS HEIDELBERG.

Mettez en ordre la grande salle à manger le plus tôt possible. Enlevez le papier des rideaux; découvrez les sophas et les chaises, et posez les magots de la Chine sur la cheminée.

TRUSTY.

Fort bien, madame.

MISTRESS HEIDELBERG.

Partez donc, courez, volez, à l'instant même. Où est mon frère Sterling?

TRUSTY.

Avec le sommelier, madame.

MISTRESS HEIDELBERG.

Fort bien. (*Trusty sort.*) Ah! miss Fanny, je proteste que je ne vous avais pas vue. Bon Dieu! mon enfant, qu'avez-vous donc?

FANNY.

Qui, moi? mais rien, madame.

MISTRESS HEIDELBERG.

Miséricorde! Pourquoi votre figure est-elle si pâle, noire, jaune, — de cinquante couleurs, sur ma parole? — et puis comme vous voilà faite, quelle robe! comme cela vous grossit la taille. — D'honneur! on ne voit plus une jeune femme svelte; — vous vous arrondissez toutes comme la femme de Barter, le substitut du Shérif. Allez donc, mon enfant! — Ignorez-vous que, d'un instant à l'autre, nous attendons des gens de qualité? — Allez vous arranger d'une manière un peu plus présentable. (*Fanny sort.*) Elle s'en va tout en

larmes. — C'est trop criant, je le proteste sur mon ame, — ce ridicule amour! Il faut y mettre un terme; — il rend cette pauvre enfant tout-à-fait idiote.

MISS STERLING.

Pauvre ame! ce n'est pas sa faute.

MISTRESS HEIDELBERG.

Eh bien! mon enfant, (*avec affectation.*) c'est maintenant que je vais avoir l'occasion de vous convaincre du ridicule de vos plaintes concernant la conduite de sir John envers vous.

MISS STERLING.

Oh! cela ne m'inquiète guère; mais je vous assure, madame, qu'on ne saurait me persuader que sir John n'est pas le plus froid des amants. — Je ne saurais aimer cette civilité respectueuse, ces regards graves, et ces tièdes protestations de son estime pour moi et toute la famille! J'ai entendu parler de flammes et de traits de feu en amour, mais la passion de sir John est vraiment de glace et de neige.

MISTRESS HEIDELBERG.

Oh fi! ma chère, j'ai grande honte de vous entendre parler ainsi. Ce discours ressemble étrangement aux idées de votre pauvre sœur! Ce que vous blâmez comme la froideur et l'indifférence n'est que l'extrême délicatesse de ses sentiments et une peinture exacte des manières des gens de qualité.

MISS STERLING.

Oh! c'est le vrai miroir de la courtoisie, toujours prodigue de courbettes et de discours étudiés! — Je vous le déclare, ma tante, s'il y avait de mon côté une passion tant soit peu violente, je serais vraiment jalouse.

MISTRESS HEIDELBERG.

Comment jalouse? jalouse, dites-vous? mais jalouse de qui, je vous prie?

MISS STERLING.

De ma sœur Fanny. Elle paraît bien plus que moi dans ses bonnes grâces et il a pour elle infiniment plus d'attention, je vous assure.

MISTRESS HEIDELBERG.

Bon Dieu! mon enfant! pensez-vous qu'un homme de bon ton comme lui ne sache pas distinguer entre la partie comme il faut et la partie vulgaire de notre famille? — entre vous et votre sœur, par exemple, — ou entre moi et mon frère? Croyez-en votre tante, mon enfant! tout ce qu'il fait est pure politesse et bonne éducation. Personne ne connaît mieux que moi les gens de qualité.

MISS STERLING.

Dans mon opinion le vieux lord, son oncle, est dix fois plus galant que sir John. Il est plein d'attentions pour les dames; il sourit, minaude, cligne de l'œil, lorgne, et donne à toutes les rides de sa vieille figure l'expression la plus comique de tendresse. Ce serait, je crois, un admirable galant.

(Entre M. Sterling.)

STERLING, *en entrant.*

Point de poisson? — La grande pêche d'hier matin a tout enlevé dans l'étang. — Il n'y a que des tanches et des carpes dans le réservoir... — Le diable s'en mêle. Si ce chien de Lovewell avait la moindre idée, il nous aurait apporté un turbot ou un panier de maquereaux.

MISTRESS HEIDELBERG.

Je tremble, mon frère, que Sa Seigneurie et sir John n'arrivent avant la nuit.

STERLING.

J'en ai peur comme vous; — mais, je vous en prie, ma sœur, faites accommoder pour demain la tortue et quelque vénaison. — Que le jardinier coupe des ananas et prépare de la glace. — Je me charge du vin, c'est mon affaire. — Je veux leur offrir un verre de champagne, comme ils n'en ont jamais bu de leur vie, — non, pas même à la table d'un lord.

MISTRESS HEIDELBERG.

Maintenant, mon frère, je vous en prie, observez-vous bien. J'ai la chair de poule quand je vous vois avec des gens de qualité. N'allez pas, selon votre mauvaise habitude, vous endormir sitôt après souper. — Prenez force prises pour vous tenir éveillé. — Et surtout n'allez pas éclater de rire, de votre rire de cheval, horrible et étourdissant; cela sent furieusement son peuple.

STERLING.

Ne craignez rien, ma sœur! — mais qui est-ce qui nous arrive?

MISTRESS HEIDELBERG.

C'est monsieur Canton, le gentilhomme suisse, qui demeure avec milord.

(Entre M. Canton.)

STERLING.

Ah! monsieur! votre serviteur très humble. — Je suis fort aise de vous voir, monsieur.

CANTON.

Pien opligé, monsire Sterling. — Matame, je suis le fôtre; matemoiselle, je suis le fôtre.

MISTRESS HEIDELBERG.

Votre très humble servante, M. Canton.

CANTON.

Matame, je vous paise les mains.

STERLING.

Eh bien! monsieur, quelle nouvelle de Leurs Seigneuries? — Quand devons-nous attendre milord et sir John?

CANTON.

Monsire Sterling! milort Ogleby et sir John, ils seront ici tans un quart-t'heure.

STERLING.

J'en suis bien aise.

MISTRESS HEIDELBERG.

Et moi j'en suis enchantée. Comme il s fait tard, je craignais quelque accident. — Peut-on vous offrir quelque chose, monsieur Canton, après votre voyage?

CANTON.

Pien opligé, pien opligé, matame.

MISTRESS HEIDELBERG.

Vous montrerai-je les appartements, monsieur Canton?

CANTON.

Trop t'honneur, matame.

MISTRESS HEIDELBERG, *à miss Sterling.*

Venez donc, — venez donc, ma chère.

(Ils sortent.)

STERLING.

C'est diabolique! il fait presque noir. — Il sera trop tard pour faire le tour du jardin. Mais je veux qu'ils jettent un coup d'œil sur mon superbe canal; c'est bien le moins, et j'y suis bien résolu.

ACTE DEUXIÈME.

SCÈNE I.

L'antichambre de l'appartement de lord Ogleby. Table avec chocolat et petite pharmacie.

Entrent BRUSH, *valet de chambre de milord, et* UNE FEMME DE CHAMBRE *de mistress Sterling.*

BRUSH.

Vous resterez, ma belle enfant, vous resterez.

LA FEMME DE CHAMBRE.

De grace, monsieur, ne soyez pas si positif; je ne puis rester, je vous assure.

BRUSH.

Vous boirez une seule tasse à notre plus intime liaison.

LA FEMME DE CHAMBRE.

Je ne bois guère de chocolat; et puis, quelle satisfaction peut-on avoir avec des transes comme les miennes? — Si milord s'éveillait, ou si le monsieur suisse nous voyait, ou si mistress Heidelberg en savait quelque chose, j'en mourrais de peur. — D'ailleurs j'ai déjà pris mon thé ce matin. J'entends milord, j'en suis sûre.

(Elle paraît effrayée.)

BRUSH.

Non, non, mon ange, n'ayez pas peur ; du moment où milord s'éveille il agite la sonnette et j'y réponds plus tôt ou plus tard, selon ma convenance.

LA FEMME DE CHAMBRE.

Mais s'il venait nous surprendre sans sonner?

BRUSH.

Oh! je le lui pardonnerais de bon cœur. *(Il prend une fiole de la pharmacie.)* Cette clef le tient enfermé jusqu'à ce qu'il me plaise de le laisser sortir.

LA FEMME DE CHAMBRE.

Bon Dieu! ce sont des drogues d'apothicaire.

BRUSH.

En effet. — Mais sans ces drogues je le défie de se lever, — tout comme de lire sans lunettes. *(Il boit son chocolat.)* Avec ses rhumatismes, son âge, son mauvais estomac et les suites de quelques folies de jeunesse, vous sentez qu'il faut bien frotter, huiler, visser et remonter la machine, pour la faire marcher tout un jour.

LA FEMME DE CHAMBRE. *Elle boit.*

C'est prodigieux, en vérité. — *(Elle boit.)* Milord semble tout-à-fait en ruines.

BRUSH.

Oh! c'est une vraie momie, *(Il boit.)* un véritable spectre, jusqu'au moment où je le ressuscite et le retrempe un peu à l'aide de notre petit magasin. *(montrant la pharmacie.)* Mais quand les pilules restaurantes et les eaux cordiales réchauffent son estomac et excitent son cerveau, la vanité se trémousse dans son cœur, et le voilà prêt à jouer les rôles d'amant, de libertin et d'homme à bonnes fortunes.

LA FEMME DE CHAMBRE, *d'un air effrayé.*

Pauvre milord! Mais si le monsieur suisse nous surprenait?

BRUSH.

Le monsieur anglais s'en offenserait. — Aucun étranger n'a le droit de s'immiscer dans ma vie privée. Mais, monsieur Canton, je puis vous l'assurer, s'occupe de tout autre chose... Il est obligé d'écumer la crème d'une vingtaine de journaux pour le déjeuner de milord. — Ha! ha! ha! je vous en prie, belle enfant, videz tranquillement votre tasse. — Le chocolat de milord est excellent; il n'en goûterait pas une goutte qui ne vînt d'Italie.

LA FEMME DE CHAMBRE.

Il est délicieux, en vérité! *(Elle boit.)* Un parfum charmant! — D'honneur, il sent bon comme les boîtes de toilettes de mes maîtresses.

BRUSH.

Vous avez un excellent goût, ma belle; je veux encore vous faire manger quelques gâteaux avec votre chocolat, *(Il prend des gâteaux dans un des tiroirs de la table.)* et, en récompense, je ne vous demande que de goûter le parfum de vos lèvres. *(Il l'embrasse.)* — Une légère réciprocité de faveurs rendra, je l'espère, madame, ce pays et cette retraite également agréables à tous deux. *(Il s'incline, elle fait une révérence.)* Vos jeunes dames sont de jolies filles, sur ma parole! *(Il boit.)* mais, d'honneur! je partage entièrement à leur égard l'opinion de milord, et si j'avais quelque penchant au mariage, je prendrais la plus jeune.

(Il boit.)

LA FEMME DE CHAMBRE.

Oh! miss Fanny! c'est bien la plus affable et la meilleure des créatures!

BRUSH.

L'aînée est un peu fière, ou...

LA FEMME DE CHAMBRE.

Plus fière et plus arrogante que Saturne lui-même. — Mais je vous le dis en confidence, car on ne voudrait pas nuire au mariage d'une jeune personne, vous le savez bien.

BRUSH.

En aucune manière; mais vous ne courez pas ce danger avec nous. — Nous ne considérons pas le caractère. — Il nous faut de l'argent, mistress Nancy. Donnez-nous-en ce qu'il nous en faut, et nous vous ferons bien des concessions sous d'autres rapports, ha! ha! ha!

LA FEMME DE CHAMBRE.

Miséricorde! j'entends quelqu'un. *(On sonne.)* Oh! c'est milord! — Votre servante, monsieur Brush. — Je vais nettoyer les tasses dans la chambre voisine.

BRUSH.

Fort bien. — Mais ne vous occupez jamais de la sonnette; — je n'irai pas d'une demi-heure. Prendrez-vous le thé avec moi ce soir?

LA FEMME DE CHAMBRE.

Non, pour tout au monde, monsieur Brush. — Je viendrai mettre tout en ordre. — Mais je ne pourrai pas prendre le thé, je vous assure. — En attendant, votre servante.

(Elle sort avec le cabaret. On sonne de nouveau.)

BRUSH.

Il est impossible de se morfondre toute une semaine à la campagne, sans faire un doigt de cour aux femmes de chambre. — C'est sans comparaison la plus jolie fille de la maison, excepté la plus jeune fille de notre vieux bourgeois ; mais je n'ai pas le temps de dresser mes batteries contre elle. (*On sonne.*) — Maintenant j'irai trouver milord, car je n'ai rien de mieux à faire.

(*Entre Canton des journaux à la main.*)

CANTON.

Monsir Brush ! — maître Brush ! — Milort remue-t-il ?

BRUSH.

Il sonne à l'instant. — Je cours à lui.

(*Il sort.*)

CANTON.

Tépêchez-fous tonc. (*Il met ses lunettes.*) Ché foudrais que le tiaple emportât tous ces babiers. — J'ouplie à mesure que ché lis. — L'Adfertiser efface te mon cerfeau la Cazette, la Cazette, le Chronique et tous s'en font ainsi l'un aprés l'autre. — Il faut que ch'attrappe quelque noufelle pour milort ou il sera enraché contre moi. — Foyons. (*Il lit un journal.*) Il n'y a rien ici que l'anti-Sejanus et l'adfertissement. — (*Entre une servante avec un cabaret.*) Que foulez-fous, mon enfant ?

LA SERVANTE.

J'apporte ce qu'il faut pour le chocolat, monsieur.

CANTON.

Oh ! très pien. — Fous êtes une ponne fille — et très cholie.

OGLEBY, *dans la coulisse.*

Canton ! hé ! hé ! Canton ! (*Il tousse.*) Canton !

CANTON.

J'accours, milort ! — Que ferai-je ? — Ché n'ai pas de noufelles. — Il fa faire un crand tintamarre ! (*Entre lord Ogleby, appuyé sur Brush.*) Me foici, milort ; ché fous temante barton, milort, ché n'ai bas fini les babiers.

OGLEBY.

Que le diable emporte votre pardon et vos papiers. J'ai besoin de vous ici, Canton.

CANTON.

Alors ch'accours, c'est tout.

(*Il se penche à côté de milord qui s'appuie aussi sur lui et fait quelques pas.*)

OGLEBY.

Vous autres Suisses, vous êtes le mélange le plus inexplicable. — Vous avez le langage et l'impertinence du Français, avec la paresse du Hollandais.

CANTON.

C'est très frai, milort. — Ché ne buis y remétier.

OGLEBY, *poussant un cri.*

O Diavolo !

CANTON.

Fous ne souffrez bas, ch'esbère, milort ?

OGLEBY

Et parbleu ! oui, je souffre. — Ce malotru de Sterling, avec sa politesse de la cité, m'a contraint de descendre sa pelouse hier soir pour voir un fossé bourbeux qu'il appelle canal ; et le brouillard et le vent d'est ont si bien fait que mes hanches et mes épaules sont clouées à mon corps.

CANTON.

Un beu de féritable eau d'arquepusade remettra tout en ortre.

OGLEBY. *Il s'assied, et Brush lui donne son chocolat.*

Où sont les gouttes anti-paralytiques, Brush ?

BRUSH.

Les voilà, milord.

(*Il verse.*)

OGLEBY.

Quelles nouvelles avez-vous, Canton ?

CANTON.

Peaucoup de babiers et bas de noufelles tu tout.

OGLEBY.

Quoi ! rien du tout, imbécile !

CANTON.

Barton, milorf, ch'ai ici un betit adfertissement qui fous fera blus de blaisir que les mensouches bolitiques sur rien tu tout. Le foici.

(*Il met ses lunettes.*)

OGLEBY.

Allons, Canton, lisez avec l'emphase convenable et avec discernement.

CANTON.

Oui, milort. — (*Canton lit.*) « Il est broufé que le cosmétique royal enlèfe entièrement les chaleurs, furoncles, rousseurs et autres éruptions te la peau, ainsi que les rites te la fieillesse, etc., etc. » — Je saute peaucoup te tétails, milort. — « Ayez soin de n'acheter que le cosmétique royal signé de la main tu tocteur. — Cette brécaution est blus nécessaire que peaucoup de gens ne benseraient ? » — Eh pien ! milort ?

OGLEBY.

Eh bien ! Canton, — en achèterez-vous ?

CANTON.

Bour fous, milort ?

OGLEBY.

Pour moi, vieux magot ! et pourquoi faire ?

CANTON.

Milort !

OGLEBY.

Ai-je besoin de cosmétiques ?

CANTON.

Milort !

OGLEBY.

Regarde-moi en face. — Voyons, sois sincère. — Ai-je besoin du secours de l'art ?

CANTON, *avec ses lunettes.*

En férité, non. — C'est très toux et très prillant. — Mais je bensais que fous auriez pu en brendre un tout betit beu bar mesure de brécaution.

OGLEBY.

Vous pensiez en vieux fou, monsieur, comme c'est votre habitude. — (*à Brush.*) L'eau digestive. (*Brush verse.*) — Que penses-tu, Brush, de cette famille à laquelle nous allons nous allier? — Eh!

BRUSH.

Excellente pour s'y marier, milord; mais on ne pourrait jamais se faire à y vivre.

OGLEBY.

Vous avez raison, Brush. Il n'y a pas moyen de blanchir la tête d'un nègre. — Monsieur Sterling ne se dégagera jamais de Black-friars — et sentira toujours le Borachio. — Et cette pauvre femme, sa sœur, se donne tant de mouvement pour vous bien accueillir que je ne suis pas encore remis de la première réception; c'était à en suffoquer! — Je trouve les filles tolérables. — Où est ma poudre céphalique?

(*Brush lui donne une boîte.*)

CANTON.

Elles bensent te même que fous, milort, car elles ne regartaient que fous, ma foi!

OGLEBY.

En vérité? Je crois que tu n'as pas tout-à-fait tort. — Où est mon miroir? (*Brush en place un sur la table.*) La plus jeune est ravissante.

(*Il prend une prise de tabac.*)

CANTON.

Oh! oui, milort, très rafissante, en férité; elle faisait les toux yeux à fous, milort.

OGLEBY.

Oui, oui, il y avait bien quelque chose. — L'aînée, la prétendue de mon neveu, sera une femme très estimable; elle a tout l'esprit vulgaire de son père et de sa tante, avec les qualités bruyantes de sa mère. — De l'eau de menthe, Brush! — Comme les jeunes dames en général, Canton, doivent s'estimer heureuses que les gens de qualité veuillent bien fermer les yeux sur tout, excepté sur leur fortune, dans un contrat de mariage!

CANTON.

C'est bien heureux et commote aussi.

OGLEBY.

Brush, donnez-moi le pamphlet que j'ai laissé près de mon lit. (*Brush va le chercher.*) Canton, attendez dans l'antichambre, et ne souffrez pas que personne n'interrompe jusqu'à ce que je vous appelle.

CANTON.

Beaucoup te blaisir à Fotre Seigneurie.

OGLEBY, *à Brush qui apporte le pamphlet.*

Maintenant, Brush, vous me laisserez un instant à mes études. (*Brush sort.*) — Quel rôle jouer ici, au milieu de ces femmes, avec mon maudit rhumatisme! C'est l'ennemi juré de la galanterie et des fleurettes. (*Il quitte sa chaise.*) Eh! courage, milord! Par Saint-Georges! je me sens un autre homme. (*Il fredonne et danse un peu.*) Cela ira, ma foi! — Bravo, milord! Ces jeunes filles m'ont absolument inspiré. — Et si une gigue peut leur être agréable, — me voilà prêt. (*Il chante et danse.*) — Ouf! — maudit point de côté! — Mais le voilà passé. — J'ai plutôt ce matin un peu trop de lis dans mon teint; une légère couche de rose ranimera l'éclat de mes yeux pour toute la journée. (*Il ouvre à la clef un tiroir au fond de la glace et en tire du rouge; tandis qu'il est occupé à se farder, on frappe à la porte.*) Qui va là? Je ne veux pas être troublé.

CANTON, *en dehors.*

Milort, milort! foilà monsir Sterling qui fient fous brésenter ses hommaches tans fotre champre.

OGLEBY, *bas.*

Le diable d'homme! (*haut.*) Monsieur Sterling me fait beaucoup d'honneur. — Pourquoi n'introduisez-vous pas monsieur Sterling? — Je le souhaiterais au fond de son puant canal. (*La porte s'ouvre.*) Oh! mon cher monsieur Sterling, vous me faites trop d'honneur.

(*Entrent Sterling et Lovewell.*)

STERLING.

Je me flatte, milord, que Votre Seigneurie a bien reposé cette nuit. — Je crois qu'il n'y a pas en Europe de meilleurs lits que les miens. — Je n'épargne ni les peines pour me les procurer, ni l'argent pour les payer. — Sa Majesté, Dieu me le pardonne! ne couche pas dans un lit meilleur hors de son palais; et si je disais même dans son palais, ce ne serait pas, je l'espère, crime de haute trahison, milord?

OGLEBY.

Vos lits sont, comme tout ce qui vous entoure, — incomparables! Non-seulement ils reposent, mais ils rendent tout dispos, monsieur Sterling.

STERLING.

Que dites-vous donc, milord, d'une autre promenade dans le jardin? Il faut que vous voyez ma pièce d'eau au grand jour et mes allées, mes pelouses, mes ruines, mon pont chinois, mes arbres en fleurs et ma couche de tulipes hollandaises. — Tout était obscur hier au soir, milord. Je sens encore le brouillard dans mon orteil; — mais je mettrai un soulier fendu pour être à même de vous conduire partout, — sauf à garder le lit demain.

OGLEBY, à part.

Fasse le ciel que tu le gardes!

STERLING.

Que disiez-vous, milord?

OGLEBY.

Je disais, monsieur, que j'espérais voir nos jeunes dames à déjeuner; mon cher monsieur Sterling, ce sont, à mon avis, les plus belles tulipes de notre hémisphère; hé! hé! hé!

CANTON.

Prafissimo, milord! ha! ha! ha!

STERLING.

Elles rejoindront Votre Seigneurie dans le jardin. — Nous ne leur sacrifierons pas notre promenade; je veux vous faire faire un petit tour avant déjeuner, un plus grand avant dîner, et, dans la soirée, nous ferons le grand tour comme je l'appelle, ha! ha! ha!

OGLEBY.

Pas un pas, je l'espère, monsieur Sterling; songez à votre goutte, mon cher ami. — Certes on vous rapporterait sur un brancard pour prix de votre politesse, hé! hé! hé!

CANTON.

Ha! ha! ha! c'est atmiraple, en férité!

(Il rit aux éclats.)

STERLING.

Si ce jeune homme (montrant Lovewell.) voulait rire de mes bons mots, comme il le devrait, comme monsir rit des vôtres, nous serions tout vie et gaîté.

OGLEBY.

Que dites-vous? Canton, voulez-vous prendre mon parent en apprentissage? Vous avez certainement le rire le plus sociable que j'aie jamais rencontré, et jamais hors de ton.

CANTON.

Excepté quand Fotre Seigneurie est te maufaise humeur.

OGLEBY.

Bien dit, Canton! Mais voici mon neveu qui vient jouer sa partie. (Entre sir John Melvil.) Eh bien! sir John, quelle nouvelle de l'île d'amour? Avez-vous soupiré et donné des sérénades ce matin?

SIR JOHN.

Je suis charmé de vous voir si gai, milord.

OGLEBY.

Je suis fâché de vous voir si sombre, monsieur. — Quelle pitié, monsieur Sterling, que ces jeunes gens d'aujourd'hui! Ils font l'amour avec des mines d'enterrement; — bien qu'en effet un mariage puisse être parfois très bien nommé l'enterrement des vivants. — Eh! monsieur Sterling?

STERLING.

Non pas, s'ils ont de quoi vivre, milord. — Ha! ha!

CANTON.

Monsir Sterling ne hense bas à autre chose.

SIR JOHN, à part.

Je vous en prie, Lovewell, suivez-moi dans le jardin; j'ai quelque chose d'important à vous dire, et il n'y a pas à tarder.

LOVEWELL, à part.

Je suis à vous. — Si c'est le bon plaisir de Votre Seigneurie et de monsieur Sterling, nous irions préparer les dames à vous rejoindre dans le jardin.

(Sir John et Lovewell sortent.)

STERLING.

Oh! mes filles sont déjà prêtes; je les fais lever de bonne heure et coucher de même. Elles apporteront à leurs maris de bons tempéraments et de bonnes dots, milord, si elles ne leur apportent pas autre chose.

OGLEBY.

Ce sont deux grands points, mon cher monsieur!

STERLING.

Deux grands points en vérité, milord. — Ah! milord, si vous n'aviez pas tant abusé de votre jeunesse, vous ne seriez pas si cassé dans votre âge mûr.

OGLEBY, à demi vient.

Très comique, hé! hé! hé!

STERLING.

Voilà monsieur, par exemple; je le suppose bien près du chiffre de Votre Seigneurie; mais il avait peu à manger, peu à dépenser dans son pays; aussi en enterrerait-il trois comme Votre Seigneurie. — Ce sont les excès du boire et du manger qui nous tuent tous, milord.

OGLEBY.

Très plaisant, je vous proteste. (à part.) Quel malotru!

CANTON.

Milort aussi fieux que moi! c'est un petit boussin bar rabbort à moi. — C'est un enfant aubrès te moi, paufre fieillard!

STERLING.

Ha! be! ha! bien dit, monsir. Tenez-vous à cela et vous trouverez à vivre dans tous les pays du monde; — ha! ha! ha! — Mais, milord, je vous rejoins dans le jardin; nous n'avons que peu de temps avant le déjeuner. — Je vais chercher ma canne et mon chapeau, nous ferons une petite promenade ensemble, et ensuite les rôties et les beurrées!

(Il sort.)

OGLEBY.

Je vous accompagnerai avec plaisir. — Des rôties en juillet! la pensée m'en fait suer! — Quel étrange animal avons-nous là?

CANTON.

C'est un parpare.

OGLEBY.

C'est un malotru ; et s'il n'y avait pas dans la famille tant d'argent dont je ne puis me passer, je le quitterais à l'instant, lui, ses rôties et son beurre. — Suivez-moi, monsieur.

(*Lord Ogleby et Canton sortent.*)

SCÈNE II.

Le théâtre représente le jardin.

Entrent SIR JOHN MELVIL *et* LOVEWELL.

LOVEWELL.

Dans ma chambre, ce matin ? impossible !

SIR JOHN.

Ce matin, avant cinq heures, je vous l'assure.

LOVEWELL.

Pour quelle affaire ?

SIR JOHN.

J'étais si impatient de vous ouvrir mon ame que je ne pouvais dormir dans mon lit ; — mais il paraît que vous ne dormiez pas davantage. — L'oiseau était déniché et le lit froid depuis long-temps. — Où étiez-vous, Lovewell ?

LOVEWELL.

Bah ! de grace ! c'est trop ridicule !

SIR JOHN.

Voyons, qui était-ce ? la femme de chambre de miss Sterling ? une petite soubrette piquante ! ou la camériste de miss Fanny ? un petit ange aussi ! — ou...

LOVEWELL.

Non, non, trève de plaisanteries et expliquez-moi votre affaire.

SIR JOHN.

Bien ; mais où étiez-vous, Lovewell ?

LOVEWELL.

Je me promenais, — j'écrivais. — Qu'importe où j'étais !

SIR JOHN.

A vous promener, oui, j'en suis sûr ; il pleuvait à verse. Douce et rafraîchissante rosée à recevoir ! Non, non, Lovewell. — Maintenant je donnerais vingt guinées pour savoir laquelle des suivantes...

LOVEWELL.

Mais votre affaire, sir John, votre affaire !

SIR JOHN.

Initiez-moi un peu aux secrets de la famille.

LOVEWELL.

Bah !

SIR JOHN.

Pauvre Lovewell, je le mets à la torture, je

le vois. Elle vous a recommandé amour et discrétion. — Eh ! Lovewell ? — Cependant, bien que vous me refusiez l'honneur de votre confidence, je me hasarderai à vous faire la mienne. — Que pensez-vous de miss Sterling ?

LOVEWELL.

Ce que je pense de miss Sterling ?

SIR JOHN.

Oui, qu'en pensez-vous ?

LOVEWELL.

Singulière question ! — Mais je la trouve une aimable et jolie personne, pleine de gaîté et de grace.

SIR JOHN.

Méchanceté et malice, je le soupçonne.

LOVEWELL.

Comment ?

SIR JOHN.

Mais sa personne, — qu'en pensez-vous ?

LOVEWELL.

Jolie et agréable.

SIR JOHN.

Une piquante grisette.

LOVEWELL.

Que veut dire tout ceci ?

SIR JOHN.

Je vous l'apprendrai. Vous saurez, Lovewell, que malgré toutes les apparences...

(*apercevant Ogleby, etc.*) Nous sommes interrompus ; — quand ils s'en iront je vous expliquerai...

(*Entrent Ogleby, Sterling, mistress Heidelberg, miss Sterling, miss Fanny.*)

OGLEBY.

De grandes améliorations en vérité, M. Sterling, et qui tiennent du miracle ! Les quatre saisons en cortége ; un Mercure qui s'envole, et Neptune au milieu du bassin, tout cela dans la perfection du bon goût. Vous avez autant de statues que le marchand du coin d'Hyde-Park.

STERLING.

Le plus grand plaisir de la campagne est, vous le savez, milord, de faire des améliorations. Je n'épargne pas la dépense ; je ne suis pas un homme à compter. — Cette propriété n'est plus reconnaissable depuis que je l'ai acquise. Nous étions entourés d'arbres ; j'en abattis plus de cinquante pour faire les pelouses devant la maison et donner passage au vent et au soleil. Ensuite, je fis une serre de la vieille buanderie et métamorphosai la brasserie en bosquet de pins. Le grand pavillon octogone, que vous voyez là-bas, est élevé sur un mât de vaisseau que m'a donné un capitaine de la Compagnie des Indes, qui a manié plusieurs millions de mon argent.

Ce pavillon domine toute la route ; toutes les voitures, chariots et chaises de poste passent et repassent sous vos yeux. Je vous y ferai monter cette après-midi, milord. C'est l'endroit le plus charmant du monde pour fumer une pipe et vider une bouteille ; vous verrez cela, milord.

OGLEBY.

Oui ; ou un bol de punch ou un pot de porter, monsieur Sterling ; car ça ressemble fort à une cabine aérienne. Si les voitures volantes étaient en usage, le capitaine pourrait s'en servir encore pour faire un voyage aux Indes, pour peu qu'il eût un bon vent.

CANTON.

Ha ! ha ! ha !

MISTRESS HEIDELBERG.

Mon frère a les idées un peu comiques, milord ! — Mais vous l'excuserez. — J'ai une petite laiterie à la gothique, entièrement de mon invention. J'espère pour ce soir l'honneur de votre compagnie, et vous aurez le choix d'une tasse de thé ou d'un bon sullabub tout chaud[1].

OGLEBY.

Je trouve à chaque instant une nouvelle occasion d'admirer l'élégance de mistress Heidelberg, la fleur de la délicatesse et l'essence du bon ton.

MISTRESS HEIDELBERG, *lorgnant lord Ogleby.*

Milord !

OGLEBY, *lorgnant mistress Heidelberg.*

Ah ! madame.

STERLING.

Comment trouvez-vous ces berceaux, milord ?

OGLEBY.

Un délicieux Méandre, un labyrinthe parfait, dont les routes s'entrelacent à l'infini comme les nœuds du véritable amour.

STERLING.

En effet, ici point de vos lignes droites comme partout. Tout est invention. Des zigzag, — cric, — crac, — en dedans, en dehors, — à droite, à gauche, — en avant, en arrière, — tortillant et serpentant, milord !

OGLEBY.

Parfaitement exécuté, d'honneur, monsieur Sterling ! A peine voit-on à un pouce de son nez dans vos promenades. — Vous êtes un parfait économiste de votre terrain et savez tirer un grand parti de peu de chose. — Chaque compartiment de votre jardin tiendrait dans les pots à fleurs de votre balcon de Gracechurch Street.

CANTON.

Ha ! ha ! ha !

[1] Espèce de crème au vin de Madère.

OGLEBY.

De quoi riez-vous, Canton ?

CANTON.

Ah ! que cette similitude est drôle ! ce que fous tites est si sbirituel, milort !

OGLEBY.

Vous paraissez profondément occupée, miss. A quoi ces mains charmantes s'emploient-elles avec tant d'activité ?

MISS FANNY.

Je faisais un bouquet, milord. Votre Seigneurie me fera-t-elle l'honneur de l'accepter ?

(Elle le lui présente.)

OGLEBY.

Je le porterai près de mon cœur, madame. *(à part.)* La jeune créature raffole de moi.

MISS STERLING.

Bon Dieu ! ma sœur, vous chargez milord d'une botte de fleurs, comme la nourrice et la cuisinière en portent à Londres, le lundi matin, pour des vases de salon. Votre Seigneurie me permettra-t-elle de lui offrir cette rose et cette branche d'églantier ?

OGLEBY.

Vos parfaits emblèmes, madame, charmante et perçant les cœurs ! *(à part.)* Un peu jalouse, pauvre petite !

STERLING.

Maintenant, milord, si vous le permettez, je vais vous conduire à mes ruines.

MISTRESS HEIDELBERG.

Vous voulez absolument fatiguer Sa Seigneurie, mon frère !

OGLEBY.

Point du tout, madame ! Nous sommes, vous le savez, dans le jardin de l'Eden, dans les régions de l'éternel printemps, de l'éternelle jeunesse et de l'éternelle beauté.

(Il lorgne les dames.)

MISTRESS HEIDELBERG.

Voilà bien l'homme de qualité, je l'atteste.

CANTON.

Brenez mon bras, milort.

(Ogleby s'appuie sur lui.)

STERLING.

Je veux seulement montrer à Sa Seigneurie mes ruines, la cascade, le pont chinois, et puis nous rentrerons pour déjeuner.

OGLEBY.

Ne disiez-vous pas vos ruines, monsieur Sterling ?

STERLING.

Oui, milord, mes ruines, et elles sont regardées comme très curieuses. Vous croiriez qu'elles vont s'écrouler sur votre tête. Il vient de m'en coûter cent cinquante livres sterling pour mettre mes ruines en état complet de réparation. Par ici, s'il vous plaît, milord.

OGLEBY *fait un pas, puis s'arrête.*

Quel est le clocher que l'on découvre là-bas ? Le clocher de la paroisse, je suppose ?

STERLING.

Ha ! ha ! ha ! c'est admirable. Il n'y a pas d'église du tout, milord ! C'est une flèche que j'ai bâtie contre un arbre, à un ou deux arpents de distance, pour terminer la perspective. On doit toujours avoir une église, ou un obélisque, ou quelque chose qui termine la perspective. Vous savez cela, milord, c'est une règle de bon goût.

OGLEBY.

Fort ingénieux, sur ma parole ! Pour moi je ne désire pas de plus beau tableau que celui que j'ai devant moi. (*Il lorgne les dames.*) Simple et cependant varié, borné mais étendu. — Arrière, Canton ! (*Il le repousse.*) Je n'ai pas besoin d'appui. — J'accompagnerai ces dames.

STERLING.

Par ici, milord !

OGLEBY.

Fort bien, ouvrez la marche ; nous autres jeunes gens nous vous suivons.

(*Il sort, en faisant le galant avec les dames.*)

CANTON.

C'est, ma foi ! le coq du sillage.

(*Il sort.*)

SIR JOHN.

Enfin, grace au ciel, je puis vous ouvrir mon cœur. Vous êtes discret, Lovewell, je le sais, et je me flatte que vous serez content de me servir.

LOVEWELL.

Vous pouvez compter sur moi.

SIR JOHN.

Sachez donc, malgré toutes les apparences, que le mariage projeté entre miss Sterling et moi ne se fera jamais.

LOVEWELL.

Comment donc ?

SIR JOHN.

Il ne peut se conclure, Lovewell.

LOVEWELL.

Il ne peut se conclure ?

SIR JOHN.

Non.

LOVEWELL.

Vous m'étonnez. Qui peut donc l'empêcher ?

SIR JOHN.

Moi.

LOVEWELL.

Vous ! et pourquoi ?

SIR JOHN.

Je ne l'aime point.

LOVEWELL.

C'est très clair, en vérité ! Je n'ai jamais supposé que vous lui fussiez extrêmement attaché par inclination, mais je pensais que vous aviez toujours considéré la chose comme une affaire de convenance plutôt que d'affection.

SIR JOHN.

C'est très vrai. Je vins dans la famille, l'esprit exempt de toutes préventions, — avec une indifférence impassible, prêt à accepter une femme aussi bien qu'une autre. — A mes yeux, l'amour véritable, l'amour sérieux n'était qu'une chimère, et le mariage me semblait, comme à la plupart des hommes, une chose banale où tout le monde devait passer. Mais moi, naguère encore si incrédule en amour, me voilà devenu un de ses plus zélés sectateurs. — En un mot, si j'abandonne miss Sterling, c'est par la violence de mon attachement pour une autre.

LOVEWELL.

Pour une autre ! Voilà du beau ! Et qui donc est cette autre ?

SIR JOHN.

Qui elle est ! Et qui serait-elle, sinon Fanny, la tendre, l'aimable, la ravissante Fanny ?

LOVEWELL.

Fanny ! Quoi ! Fanny ?

SIR JOHN.

Miss Fanny Sterling. — N'est-ce pas un ange, Lovewell ?

LOVEWELL, *à part.*

Sa sœur ? malédiction ! — (*haut.*) Il n'y faut point penser, sir John.

SIR JOHN.

N'y point penser ? mais je ne puis penser qu'à elle. Eh ! dites-moi, Lovewell, m'était-il possible de voir tous les jours Fanny et sa sœur sans me trouver attiré vers la première par une sympathie involontaire ? — Vous semblez confondu ; — pourquoi ne répondez-vous pas ?

LOVEWELL.

En vérité, sir John, cet événement me jette dans une grande perplexité.

SIR JOHN.

Et pourquoi ? — N'est-ce pas un ange, Lovewell ?

LOVEWELL.

J'en prévois les suites les plus funestes. Songez à la confusion que cela va nécessairement produire ; laissez-vous persuader, renoncez à ces idées tandis qu'il en est encore temps.

SIR JOHN.

Jamais, Lovewell ! — jamais !

LOVEWELL.

Vous êtes trop avancé pour reculer; une négociation si près d'être conclue ne peut être rompue sans un manque de délicatesse. Les hommes de loi, vous le savez, sont attendus à chaque instant; les préliminaires presque définitivement arrêtés entre lord Ogleby et monsieur Sterling, et miss Sterling, elle-même, prête à vous recevoir pour époux.

SIR JOHN.

Parbleu! les bans sont publiés sans opposition aucune, cela est vrai. Mais vous savez que l'une ou l'autre des parties a le droit de changer d'avis, même après être entrée dans l'église.

LOVEWELL.

Vous pensez là-dessus trop légèrement, sir John. Pousser les choses si loin, et puis abandonner miss Sterling, — et pour sa sœur encore! — C'est un affront que la famille ne pourra jamais vous pardonner.

SIR JOHN.

Je ne pense pas de même; si je transporte ma passion d'une sœur à l'autre, mes affections ne sortent pas de la famille.

LOVEWELL.

De grace, soyez plus grave, et pensez-y mieux!

SIR JOHN.

J'ai déjà pensé mieux, vous le voyez. Avouez-le de bonne foi, Lovewell; pouvez-vous me blâmer? peut-on faire entre elles aucune comparaison?

LOVEWELL.

Quant à cela... — eh bien! cela, — c'est juste, — c'est-à-dire selon les goûts. La vivacité de miss Sterling a bien des admirateurs.

SIR JOHN.

Vivacité! un mélange du caquet de Cheapside et de l'orgueil de Whitechapel. — Non, — non, si je vais chercher si loin dans la cité un repas de noces, c'est une tourterelle qu'il me faut, du moins.

LOVEWELL.

Mais je ne vois aucune chance de succès; car supposons que monsieur Sterling y eût consenti d'abord, il ne peut vous écouter maintenant. Que ne découvriez-vous le tout à la famille, il y a long-temps?

SIR JOHN.

Dans des circonstances aussi embarrassantes que celles où je me trouvais, pouvez-vous vous étonner de mon irrésolution et de ma perplexité? Le désespoir, la crainte de perdre ma chère Fanny, peuvent seuls aujourd'hui même m'arracher l'aveu de mon secret; et cependant je connais si bien M. Sterling que, tout étrange que ma proposition puisse paraître, si je parviens, comme je n'en doute pas, à la lui rendre avantageuse comme affaire d'argent, il finira certainement par l'agréer.

LOVEWELL.

Mais supposons qu'il l'agrée, ce dont je doute fort, je ne pense pas que Fanny elle-même voulût écouter votre amour.

SIR JOHN.

Vous vous trompez un peu sur ce point.

LOVEWELL.

Vous trouverez que j'ai raison.

SIR JOHN.

J'ai de mon côté de petites raisons pour penser autrement.

LOVEWELL.

Vous ne lui avez pas déjà déclaré votre passion?

SIR JOHN.

Au contraire.

LOVEWELL.

En vérité! — Et — et — comment a-t-elle reçu cet aveu?

SIR JOHN.

D'honneur! il ne m'est pas bien facile de présenter mes hommages à aucune femme sans en recevoir quelque petit encouragement.

LOVEWELL.

Encouragement! Vous a-t-elle donné quelque encouragement?

SIR JOHN.

Je ne sais ce que vous entendez par encouragement; — mais elle est devenue rouge. — elle s'est récriée, — et m'a demandé de n'y plus penser. — Sur quoi j'ai saisi sa main, — je l'ai baisée, — je lui ai juré qu'elle était un ange, — et j'ai pu voir qu'elle était émue jusqu'à l'ame.

LOVEWELL.

Et n'a-t-elle pas exprimé quelque surprise à votre déclaration?

SIR JOHN.

Mais, de bonne foi, elle était un peu surprise, — et elle m'échappa sans me permettre de m'expliquer entièrement. Si je ne trouvais pas une autre occasion de lui parler, je compte sur vous pour lui remettre une lettre, Lovewell.

LOVEWELL.

Qui, moi! une lettre! — Je préfère ne me mêler en rien...

SIR JOHN.

Non pas, vous m'avez promis votre assistance; — j'en suis persuadé, vous ne sauriez vous faire un scrupule de vous rendre utile en cette occasion. — Vous pouvez, sans donner l'éveil à aucun soupçon, lui faire connaître verbalement mon amour pour elle, et ma résolution de demander le consentement de son père.

LOVEWELL.

Quant à cela, je — je suis à vos ordres, vous le savez, — c'est-à-dire, si elle... — En vérité, sir John, je crois que vous avez tort.

SIR JOHN.

Bien, bien, — c'est mon affaire. — Ah! la voilà, grands Dieux! dans cette allée là-bas, la voyez-vous? Je vais immédiatement à elle.

LOVEWELL.

Vous êtes trop prompt, sir John; considérez ce que vous allez faire.

SIR JOHN.

Je ne voudrais pas perdre cette occasion pour tous les trésors de l'univers.

LOVEWELL.

Non, je vous en prie, n'y allez pas! Votre violence, votre ardeur impétueuse peut lui faire mal.

(Il le retient.)

SIR JOHN.

Rien ne saurait m'arrêter. — Ah! la voilà qui prend une autre allée. — Laissez-moi, Lovewell, *(il se dégage de ses mains.)* je vais la perdre. *(Il s'éloigne et revient sur ses pas.)* Maintenant, faites attention de vous tenir hors de notre chemin! Si vous nous interrompiez, je ne vous le pardonnerais jamais.

(Il sort précipitamment.)

LOVEWELL.

Malédiction! c'est trop fort. Amoureux de ma femme! me faire part, à moi, de sa passion pour elle! lui faire sa cour à mes propres yeux! — J'éclaterai avant le temps, — Voilà le secret des inquiétudes de Fanny; elle n'a pu l'encourager, j'en suis sûr, elle ne l'a pu. — Ah! ils tournent dans l'allée et viennent de ce côté. Quitterai-je la place? — le laisserai-je courtiser ma femme? c'est plus fort que moi! — Ils approchent! — Si je reste, j'éveille les soupçons; — je puis nous trahir et irriter sir John. — Les voici; — il faut quitter la place. — Je suis bien l'homme le plus malheureux du monde.

(Il sort, — Entrent miss Fanny et sir John.)

FANNY.

Laissez-moi, sir John, je vous en supplie, laissez-moi! Pourquoi donc persister à me poursuivre de ces vaines sollicitations, qui blessent ma délicatesse et font outrage à votre propre honneur.

SIR JOHN.

Je connais votre délicatesse, madame, et je tremble de la blesser; mais que des circonstances impérieuses soient mon excuse. Considérez, madame, que le bonheur futur de mon existence dépend de ma démarche près de vous! Considérez que ce jour doit décider de mon destin; oui, ce sont peut-être les seuls instants qui me soient laissés pour obtenir de vous la justification de mon amour, et pour vous prier de ne vous point opposer aux propositions que je veux faire à votre père.

FANNY.

Fi! fi! sir John, songez à vos premiers engagements! songez à votre situation et à la mienne! Qu'avez-vous vu dans ma conduite qui pût encourager l'audace d'un pareil aveu? Je suis blessée que vous vous hasardiez à me parler ainsi, et je rougis d'y pouvoir un instant prêter l'oreille. — Laissez-moi!

SIR JOHN.

Non, demeurez, madame, un seul moment encore. Votre vive délicatesse va trop loin. Mes engagements! De quels engagements a-t-il jamais été question de part et d'autre, si ce n'est de convenances de famille? Je me suis engagé dans une proposition de mariage avec une soumission aveugle aux désirs de votre père et de lord Ogleby; mais mon cœur a réclamé bientôt le droit d'être consulté. Il n'est dévoué qu'à vous seule; j'implore du vôtre le même intérêt!

FANNY.

Prenez garde, sir John! n'allez pas confondre un caprice coupable avec une inclination vertueuse. Sous ce prétexte banal des sentiments du cœur, combien de femmes ont été, non-seulement trompées, mais encore méprisées pour leur candeur!

SIR JOHN.

Notre affection, vous en conviendrez, madame, est involontaire; nous ne pouvons toujours la diriger sur l'objet qui doit enfin la fixer; — mais quand une fois elle s'est prononcée, — oui, prononcée comme la mienne, madame, elle parvient souvent à être payée de retour. — La dernière fois que je vous ai parlé à ce sujet vous m'écoutiez avec plus de calme, et, je l'espère, avec quelque compassion.

FANNY.

Détrompez-vous. Si je me suis contrainte, oui, si je ne vous ai pas exprimé le plus vif ressentiment de votre conduite, c'était l'effet du respect que je ne voudrais pas perdre pour le mari de ma sœur; et croyez-moi, monsieur, toute femme que je suis, ma vanité ne saurait trouver de plaisir dans un triomphe qui ne saurait être que la plus noire trahison.

SIR JOHN.

Un seul mot, et je ne vous importune plus.

(*Il l'arrête.*) Votre impatience et votre anxiété, jointes à l'exigence des circonstances, m'obligent à être bref et franc avec vous. — J'en appelle donc de votre délicatesse à votre justice. — Votre sœur, je le crois, n'a pour moi ni affection ni tendresse réelle. Votre père, tout me porte à le croire, s'inquiète peu que ce soit une de ses filles plutôt que l'autre qui serve à allier nos familles. — Maintenant, comme cette alliance ne peut avoir lieu que par votre union avec moi, voulez-vous, par un faux sentiment de délicatesse, vous opposer aux désirs de votre père, à mon bonheur, et, j'ose l'espérer, au vôtre? Je vous aime de l'amour le plus passionné, de l'amour le plus sincère, — et j'espère faire agréer mes offres à M. Sterling. — Si donc je ne suis pas absolument pour vous un objet de dégoût, d'horreur, de mépris, — s'il n'y a aucun homme plus heureux qui...

FANNY.

Écoutez-moi, monsieur, écoutez ma dernière détermination. — Quand mon père et ma sœur seraient aussi indifférents qu'il vous plaît de les représenter; quand mon cœur serait destiné à ne s'engager jamais à aucun autre, je ne saurais écouter vos propositions. — Eh quoi! vous, à la veille d'un mariage avec ma propre sœur; moi, vivant sous le même toit avec elle; obligée, non-seulement par les lois de l'amitié et de l'hospitalité, mais encore par les liens du sang, à contribuer à son bonheur, au lieu de conspirer contre son repos, la paix de toute une famille et la mienne aussi! — Silence, silence, sir John! — dans un pareil moment et dans de pareilles circonstances, vos sollicitations ne m'inspirent que de l'horreur. — Non, ne me retenez pas plus long-temps, — je veux m'en aller.

SIR JOHN.

Ne m'abandonnez pas dans un désespoir absolu, laissez-moi un rayon d'espérance! (*Il tombe à genoux.*)

FANNY.

Je ne puis. — Je vous en conjure, sir John! (*Elle s'efforce de s'éloigner.*)

SIR JOHN.

Cette main serait-elle donnée à un autre! (*Il baise sa main.*) Non, je ne puis supporter cette idée. — Mon âme tout entière est à vous et tout le bonheur de ma vie est en votre pouvoir.

(*Entre miss Sterling.*)

FANNY.

Dieu! ma sœur! Levez-vous, sir John, quelle conduite!

SIR JOHN.

Miss Sterling!

MISS STERLING.

Mille pardons, monsieur; — vous m'excuserez, madame! — Je vous interromps bien mal à propos, je le vois; — mais je ne voulais rien moins que vous interrompre. — Je venais seulement, monsieur, vous prévenir que le déjeuner attend, si vous avez fini vos dévotions du matin.

SIR JOHN.

Je sens parfaitement, miss Sterling, que ceci peut vous paraître un peu particulier, mais...

MISS STERLING.

Mon Dieu! sir John, point d'apologie; — la chose s'explique d'elle-même.

SIR JOHN.

Elle s'expliquera bientôt, madame. — En attendant, je ne puis que vous assurer de mon profond respect, de mon estime sans bornes, et je pense convaincre M. Sterling de la pureté et de la loyauté de mes intentions, — et — et — votre très humble serviteur, madame!

(*Il sort tout confus.*)

MISS STERLING.

Son respect! — Quelle impudence! — Son estime! — Ah! c'est superbe, en vérité! — Et vous, madame! ma douce, ma délicate, mon innocente, ma sentimentale sœur! espérez-vous aussi convaincre papa de la pureté de vos intentions?

FANNY.

Point de sarcasmes, ma sœur! je ne les mérite pas. Croyez-moi, vous ne pouvez être plus offensée de sa conduite que je ne le suis moi-même; et, j'en suis sûre, elle ne peut vous rendre à moitié si malheureuse.

MISS STERLING.

Me rendre malheureuse! vous vous trompez étrangement, madame; cela ne m'inquiète nullement, croyez-moi. — Le plus vil des hommes! — Pour vous, mademoiselle, la douceur prétendue de votre caractère, votre bon naturel étudié, ne m'en ont jamais imposé. Je vous ai toujours reconnue rusée, envieuse et perfide.

FANNY.

Ma sœur, vous êtes injuste envers moi.

MISS STERLING.

Oh! vous êtes la bonté même, n'est-ce pas? Ne l'ai-je pas trouvé à genoux devant vous? ne l'ai-je pas vu baiser cette blanche main? n'ai-je pas entendu ses protestations? n'ai-je pas été témoin de votre modestie affectée? Non, ma chère, n'espérez pas vous jouer aussi aisément de votre sœur aînée.

FANNY.

Sir John est bien blâmable, je l'avoue;

mais songer à vous nuire, je suis au-dessus de cette pensée.

MISS STERLING.

Nous en ferons l'expérience, madame. — J'espère, mademoiselle, que vous aurez une meilleure justification à présenter à mon père et à ma tante ; car tous deux en seront instruits, je vous le garantis.

(Elle sort.)

FANNY.

Que je suis malheureuse ! tout concourt à m'accabler. — M. Lovewell doit maintenant être instruit des sentiments de sir John, et d'une manière qui doit ajouter à ses tourments. Mon père, au lieu d'être prédisposé par des circonstances heureuses à pardonner une faute, sera d'avance irrité contre moi. Ma sœur et ma tante deviendront mes ennemies irréconciliables et se réjouiront de ma disgrâce. — Cependant, à tout événement, je suis résolue à un aveu. Je le crains, et suis déterminée à le hâter. Il devient à chaque instant plus terrible, mais plus nécessaire.

(Elle sort.)

ACTE TROISIÈME.

SCÈNE I.

Le théâtre représente une salle.

UN DOMESTIQUE *introduit les avocats* FLOWER, TRAVERSE *et* TRUEMAN, *tout bottés.*

LE DOMESTIQUE.

Par ici, s'il vous plaît, messieurs ! Mon maître est à déjeuner avec la famille, mais je vais l'instruire de votre arrivée et il sera à vous dans l'instant.

FLOWER.

Fort bien, jeune homme, fort bien.

LE DOMESTIQUE.

Voudriez-vous me faire l'honneur de me donner vos noms, messieurs.

FLOWER.

Faites savoir à M. Sterling que M. l'avocat Flower et deux autres messieurs du barreau sont arrivés pour lui prêter leurs services, comme il les en a requis.

LE DOMESTIQUE.

Fort bien.

(Il va pour sortir.)

FLOWER.

Écoutez encore, jeune homme. (*Le domestique revient sur ses pas.*) Dites à mon domestique, — le domestique de M. l'avocat Flower, d'apporter ma selle verte galonnée d'or et mes pistolets, pour les déposer ici, dans cette salle, avec mon porte-manteau.

LE DOMESTIQUE.

J'y cours, monsieur.

(Il sort.)

FLOWER.

Eh bien ! messieurs, ce contrat de mariage à mettre en règle tombe assez bien la veille de notre départ pour nos tournées judiciaires. — Voyons donc. — Hum ! Midland et Western ; oui, nous pouvons tous parcourir commodément le pays pour nous rendre à nos destinations. — Traverse, quand commencez-vous à Hertford ?

TRAVERSE.

Après-demain.

FLOWER.

Je fonctionne ce jour-là à Warwick ; mais mon clerc a des notes manuscrites pour toutes les causes, en sorte que j'arriverai à temps demain matin. J'ai bien encore une demi-douzaine d'affaires que j'ai laissées traîner depuis les assises du printemps ; il faut que je me fasse une opinion avant de revoir mes clients. — Mais je me donne encore cette après-midi, et alors, *currente calamo*, comme on dit. — Eh ! Traverse !

TRAVERSE.

Très vrai, mon cher avocat ; c'est bien ce qu'il y a de plus facile au monde ; car ces avoués de province sont si ignorants !

FLOWER.

Comptez-vous sur beaucoup de besogne ces assises ?

TRAVERSE.

Peu d'affaires au civil, mais beaucoup au criminel. Les prisons regorgent, et plusieurs des prisonniers, gens fort aisés, nous promettent de bons clients. Que j'y pense ! je suis retenu pour défendre trois voleurs de grand chemin, deux meurtriers, un faussaire et une demi-douzaine de filous, à Kingston.

FLOWER.

Je vous félicite ! — Espérez-vous tirer d'affaire Darkin, pour son vol de Putney-Common ? Pouvez-vous établir votre alibi ?

TRAVERSE.

Impossible ! les avocats de la couronne sont certains de prouver notre identité. Nous serons pendus ; mais qu'importe ! — Et vous, monsieur l'avocat, avez-vous beaucoup à faire ? — Quel cas remarquable dans le Midland, cette tournée ?

FLOWER.

Rien de particulièrement remarquable, — rien que deux enlèvements et un adultère à Nottingham. — Mon associé m'annonce plus de trente petites félonies pour Warwick seulement.

TRAVERSE.

Dites-moi, mon cher avocat, êtes-vous un des avocats de l'affaire de Jones et de Thomas, à Lincoln?

FLOWER.

Je suis pour le plaignant.

TRAVERSE.

Et qu'en pensez-vous?

FLOWER.

Débouté de sa demande.

TRAVERSE.

C'est mon opinion.

FLOWER.

Oh! il n'y a pas l'ombre d'un doute; — *luce clarius.* — Nous n'avons aucun droit, — nous n'avons qu'une chance.

TRAVERSE.

Et laquelle?

FLOWER.

La voici : Le juge principal ne fait pas sa tournée cette fois; notre confrère Puzzle étant membre de la commission, la cause sera posée devant lui.

TRUEMAN.

Parbleu! cela peut réussir, si vous pouvez seulement jeter de la poudre aux yeux du conseil du défendeur.

FLOWER.

En effet. — Monsieur Trueman, êtes-vous mandé pour lord Ogleby dans cette affaire?

TRUEMAN.

Oui, monsieur; — j'ai l'honneur d'être allié à Sa Seigneurie, et je préside pour elle différentes cours dans le Somersetshire. — Je fais aussi la tournée du circuit de l'ouest, — et j'assiste aux sessions à Exeter, uniquement parce que Sa Seigneurie a des biens dans cette partie du royaume.

FLOWER.

Ah! — Mais dites-moi, monsieur Trueman, depuis quand êtes-vous du barreau?

TRUEMAN.

Depuis environ neuf ans et trois trimestres.

FLOWER.

Ah! — Je ne me rappelle pas avoir jamais eu le plaisir de vous voir. — Je vous souhaite bon succès, jeune homme!

(*Entre Sterling.*)

STERLING.

Oh! monsieur l'avocat Flower, que je suis heureux de vous voir! — Votre humble serviteur, monsieur l'avocat! Messieurs, votre serviteur! — Eh bien! tout est-il conclu? Cette tor-

tue de notaire, le vieux Ferret, de Gray's-Inn, a-t-il enfin arrêté les articles? Approuvez-vous ce qu'il a fait? le nœud tiendra-t-il ferme et serré? — Eh! monsieur l'avocat?

FLOWER.

Mon ami Ferret a la main lente et sûre, monsieur. — Mais aussi, *serius aut citius,* comme nous disons, plus tôt ou plus tard, monsieur Sterling, il ne manque pas d'amener son travail à bonne fin. — Mon clerc est porteur du contrat ainsi que des actes accessoires, et les donations aux conjoints sont maintenant en aussi bonne forme qu'aucune donation sur la face de la terre.

STERLING.

Mais ce maudit amortissement de soixante mille livres sterling! — Il ne paraît pas y avoir d'autres hypothèques, j'espère?

TRAVERSE.

Je puis vous répondre, quant à l'amortissement, monsieur, — et il sera immédiatement purgé sur paiement de la première partie de la dot de miss Sterling. Vous consentez de votre part, à entrer pour une somme de quatre-vingt mille livres sterling?

STERLING.

Argent comptant, — oui, oui; mes fonds sont prêts pour demain, si cela lui fait plaisir. — Il touchera son argent en bons de la Compagnie des Indes, en billets de banque, ou comme il voudra. — Vos lords et vos ducs du quartier de la cour se font un jeu de ne pas payer leurs dettes et conservent cependant leur crédit; mais il n'y a rien à craindre de nous, gaillards solides, — eh! monsieur l'avocat.

FLOWER.

Sir John ayant récemment, suivant convention, payé une amende et souffert un recouvrement à la décharge de lord Ogleby, renonce néanmoins à son hypothèque sur la propriété de milord, afin de mieux aviser aux fins du présent mariage. Sur laquelle propriété sus-mentionnée une donation de deux mille livres sterling de rentes est assurée à votre fille aînée, et la totalité de ladite propriété du susdit lord descend, après sa mort, aux héritiers mâles de sir John Melvil et de sa légitime épouse Élisabeth Sterling, sus-mentionnée.

TRAVERSE.

Exactement. — Et ledit sir John sera mis immédiatement en possession de toute la partie de la propriété de milord dans le Somersetshire, à savoir celle qui s'étend entre les manoirs d'Hogmore et de Cranford, estimés à environ deux ou trois mille livres par an, et au décès de monsieur Sterling, une seconde somme de soixante-dix mille...

(Entre sir John Melvil.)

STERLING.

Ah! sir John! vous nous voyez à besogne, — payant la route à votre mariage; — d'abord les hommes de lois, puis l'église. — Débarrassons-nous une fois des longues robes, et nous mettrons la main aux gâteaux. Comptez sur moi.

SIR JOHN.

Je suis fâché de vous interrompre, monsieur; — mais vous m'excuserez, ainsi que ces messieurs. — Ayant quelque chose de très particulier à vous dire, j'ai pris la liberté de vous suivre, et je vous supplie de m'accorder un moment d'audience.

STERLING.

De tout mon cœur! — Messieurs, monsieur l'avocat, vous m'excuserez; — il faut que les affaires se fassent, vous le savez. Nous laisserons refroidir les actes jusqu'à demain matin.

FLOWER.

Je ne puis me dispenser d'être à Warwick après-demain, monsieur Sterling.

STERLING.

Bah! bah! vous ne me quitterez pas ce soir certainement. — Ma maison est bien pleine; mais j'ai des lits pour vous tous, des lits pour vos domestiques et des écuries pour vos chevaux. — Voulez-vous faire un tour dans le jardin et voir quelques-unes de mes améliorations en attendant le dîner? ou préférez-vous vous amuser sur la pelouse à faire une partie de boules en vous rafraîchissant? Mes domestiques sont à vos ordres. — Préféreriez-vous tout autre chose? — Demandez et faites comme il vous plaira; — mettez-vous à votre aise comme chez vous, je vous en prie. — Ici, Thomas, Henri, William; accompagnez ces messieurs. *(Il sort les avocats en criant et parlant, puis revient à sir John.)* Et maintenant, monsieur, je suis entièrement à votre service. Qu'avez-vous à me commander, sir John?

SIR JOHN.

Après avoir conduit si loin la négociation entre nos familles; après un si prompt assentiment à tout ce que vous proposiez, et tant de preuves de votre zèle à complaire aux demandes de notre part, il m'est bien pénible, monsieur Sterling, de vous causer involontairement du chagrin.

STERLING.

Du chagrin! quel chagrin? — Quand les affaires se font comme elles doivent être faites et que les parties s'entendent réciproquement, il ne peut y avoir de chagrin. Vous convenez, à telle et telle condition, de prendre ma fille pour femme; je conviens, aux mêmes conditions, de vous recevoir pour mon gendre; le reste va tout seul, vous le savez, aussi régulièrement que le paiement d'une lettre de change après son acceptation.

SIR JOHN.

Pardonnez-moi, monsieur, il y a plus de mal que vous ne le supposez. Je suis, pour moi, dans un embarras... Miss Sterling, je le sais, est elle-même... et si votre amitié ne vient à mon secours, toute la famille finira par être comme nous.

STERLING.

Que diable signifie tout cela? Je ne comprends pas une syllabe...

SIR JOHN.

Eh bien! en un mot, — il m'est absolument impossible de remplir mes engagements envers miss Sterling.

STERLING.

Eh quoi! sir John! votre intention est-elle de déshonorer ma famille? Quoi! refuser...

SIR JOHN.

Soyez persuadé, monsieur, qu'il est également loin de mon intention d'outrager ou d'abandonner votre famille. Ma seule crainte est que vous ne m'abandonniez; car tout le bonheur de ma vie est attaché à votre famille par les liens les plus étroits et les plus chers.

STERLING.

Quoi! ne m'avez-vous pas dit, à l'instant même, qu'il vous était absolument impossible d'épouser ma fille?

SIR JOHN.

Oui; — mais vous avez une autre fille, monsieur.

STERLING.

Eh bien?

SIR JOHN.

Elle a obtenu l'empire le plus absolu sur mon âme. — Je lui ai déjà déclaré ma passion; miss Sterling elle-même en est instruite. Si vous consentez à sanctionner mes nouveaux vœux, le rare mérite de miss Sterling la recommandera sans aucun doute à quelque personne d'un rang égal, sinon supérieur au mien, et nos familles n'en seraient pas moins alliées par mon union avec miss Fanny.

STERLING.

Admirable, en vérité! Par tous les diables! sir John, vous moquez-vous? Venez-vous acheter ma fille, comme les domestiques qui marchandent à la foire? Me croyez-vous disposé à souffrir que vous ou tout autre homme vienne dans ma maison, comme le Grand-Seigneur, jeter le mouchoir à l'une, puis à l'autre, comme il lui plaît? Pensez-vous que je fasse chez moi une espèce de traite d'esclaves ? et...

SIR JOHN.

Un instant de patience, monsieur ! L'excès seul de mon amour pour miss Fanny pouvait me déterminer à une démarche ayant la moindre apparence d'un manque de respect pour votre famille ; maintenant même mon plus vif désir est d'expier ma faute en vous offrant les compensations les plus justes qui soient en mon pouvoir.

STERLING.

Compensations ! compensations ! quelles compensations pouvez-vous offrir en pareil cas, sir John ?

SIR JOHN.

Voyons, voyons, monsieur Sterling ; je vous reconnais pour un homme de sens, un homme d'affaires, un homme du monde. J'agirai franchement avec vous ; vous verrez que je ne suis pas homme à changer mes plans pour mon seul profit, sans qu'il y ait avantage réciproque.

STERLING.

De quel avantage peut m'être votre inconstance, sir John ?

SIR JOHN.

Je vais vous le dire, monsieur. — Vous savez que, par nos conventions actuelles, le jour de mon mariage avec miss Sterling, vous consentez à payer la somme énorme de quatre-vingt mille livres sterling.

STERLING.

Fort bien !

SIR JOHN.

Consentez seulement à ce que je décline ce mariage.

STERLING.

Moi consentir à ce que vous décliniez ce mariage ! Impossible, sir John, impossible !

SIR JOHN.

J'espère le contraire, monsieur ; et de mon côté je m'engage à renoncer à tous mes droits sur les trente mille livres de la dot.

STERLING.

Trente mille, dites-vous ?

SIR JOHN.

Oui, monsieur ; et j'accepte miss Fanny avec cinquante mille livres, au lieu de quatre-vingts.

STERLING.

Cinquante mille livres !

SIR JOHN.

Au lieu de quatre-vingts.

STERLING.

Mais, — mais, — il y a bien quelque chose dans tout cela. — Voyons. — Fanny avec cinquante mille, au lieu de Betsy avec quatre-vingts. — Mais comment cela se pourrait-il,

sir John ? Vous savez que je dois verser cet argent entre les mains de lord Ogleby. Sa Seigneurie, je pense, entre vous et moi, sir John, n'est pas pour le moment surchargée d'espèces sonnantes ; et soixante mille livres prises sur cette somme doivent purger sa propriété des hypothèques qui la grèvent.

SIR JOHN.

Il est facile d'obvier à cette objection. — Dix des vingt mille livres, restant après la purge des hypothèques, étaient destinées par Sa Seigneurie à nous faire entrer dans le monde avec quelque éclat, et milord gardait les dix autres. Je serai donc à même de vous payer dix mille livres immédiatement ; et quant aux vingt mille livres restantes, vous prendrez hypothèque sur cette partie de la propriété qui doit m'être assurée, et vous aurez toutes les sécurités requises pour le paiement régulier des intérêts, jusqu'à la décharge pleine et entière du principal.

STERLING.

Eh bien ! — pour vous rendre justice, sir John, il y a quelque chose de bon et d'ouvert dans votre proposition ; et comme je reconnais que votre intention n'est pas de faire un affront à la famille...

SIR JOHN.

Rien ne fut plus loin de ma pensée, monsieur Sterling. — Et après tout, cette affaire n'a rien d'extraordinaire ; — de pareilles choses arrivent tous les jours. Le monde n'a entendu parler vaguement que d'une alliance entre nos familles ; que saura-t-on, si nous sommes assez discrets pour nous garder le secret ?

STERLING.

Très vrai, très vrai ; et puisque vous ne faites que passer de l'une à l'autre, c'est comme si vous échangiez un effet commercial, n'est-ce pas ?

SIR JOHN.

Absolument !

STERLING.

Peste ! j'oubliais tout-à-fait. — Nous comptons sans notre hôte. — Il y a une autre difficulté.

SIR JOHN.

Vous m'alarmez. Que peut-elle être ?

STERLING.

Je ne puis faire un pas dans cette affaire sans consulter ma sœur Heidelberg. — La famille en attend beaucoup, et nous devons nous donner garde de l'offenser.

SIR JOHN.

Mais si vous consentez à cette mesure, sûrement elle sera assez complaisante pour consentir à...

STERLING.

Je n'en sais rien. — Betsy est son caprice, et j'ignore jusqu'où elle ressentira la moindre atteinte portée à sa nièce favorite. Allez le premier lui faire ouverture de la chose, et quand je supposerai que votre rhétorique l'a préparée à entendre raison, j'entrerai pour appuyer vos arguments.

SIR JOHN.

Je vole à l'instant vers elle. Vous me promettez votre assistance ?

STERLING.

Je vous la promets.

SIR JOHN.

Je vous en remercie mille fois ! et fasse le ciel que je réussisse !

STERLING.

Un instant, sir John ! (*sir John revient sur ses pas.*) Pas un mot des trente mille livres à ma sœur.

SIR JOHN.

Oh ! je suis muet sur ce chapitre.

(*il va pour sortir.*)

STERLING.

Vous vous rappellerez que c'est bien trente mille livres.

SIR JOHN.

Sans aucun doute.

STERLING.

Mais, sir John ! — encore un mot. (*sir John revient.*) Milord ne doit rien savoir de ce trait d'amitié entre nous.

SIR JOHN.

Non, pour tout au monde. Mais laissez-moi donc courir.

(*Il cherche à se dégager.*)

STERLING, *le retenant.*

Et quand tout est convenu, nous nous passons l'un à l'autre un acte en bonne forme, qui nous fait tenir ferme au marché.

SIR JOHN.

Sans doute. Une obligation est de toute nécessité ! Une obligation pour tout ce que vous voudrez.

(*Il sort précipitamment.*)

STERLING.

J'aurais dû imposer plus de conditions ; il est d'humeur à tout m'accorder. — Morbleu ! quels enfants que tous vos gens de qualité ; ils pleurent pour un joujou qu'ils jettent l'instant d'après ! Variables comme le temps, incertains comme les fonds ! Précieuses dupes pour conclure un marché ! et cependant sur eux repose le soin des intérêts de la nation ! Voyez cette girouette d'homme de qualité ; il m'abandonne trente mille livres de bon argent avec autant d'indifférence qu'une orange de la Chine. Par cette hypothèque je tiens sa propriété, sa *terra firma* ; et s'il a besoin d'argent, comme il en aura besoin, — qu'il ait ou non des enfants de ma fille, j'aurai toute sa propriété comme dans un filet, pour l'avantage de ma famille. — Et voilà comme les enfants des bourgeois, qui ont acquis de la fortune, deviennent des gens de qualité, et comment les gens de qualité qui se ruinent réduisent la génération suivante à la bourgeoisie.

SCÈNE II.

Le théâtre représente un autre appartement.

Entrent MISTRESS HEIDELBERG *et* MISS STERLING.

MISS STERLING.

Voilà cependant votre douce, votre mielleuse, votre affable miss Fanny !

MISTRESS HEIDELBERG.

Ma miss Fanny ! je la renie pour ma nièce. Avec tout son art elle n'a jamais pu s'insinuer dans mes bonnes graces ; mais elle a quelque chose en elle qui trompe tout le monde, excepté vous et moi, ma nièce.

MISS STERLING.

Oh ! il ne lui manque qu'une houlette et un agneau pour être le vrai symbole de l'innocence et de la candeur.

MISTRESS HEIDELBERG.

C'est justement comme je fus peinte à Amsterdam, quand j'allai visiter les parents de mon mari.

MISS STERLING.

Et puis si bonne pour les domestiques. — « Je vous en prie, John, faites ceci ; — je vous en prie, Tom, faites cela. — Merci, Jenny ; » Et si humble avec ses parents. — « Certainement, papa ! — comme il plaît à ma tante ; — ma sœur sait mieux que moi. » — Mais avec toute sa modestie et toute son humilité, elle n'aurait pas d'objection à se voir lady Melvil.

MISTRESS HEIDELBERG.

Elle, lady Melvil ! Rassurez-vous, ma nièce. Lady, en vérité ! — une petite sotte, une hypocrite, — qui n'aura pas un denier de mon bien ! Mais, dites-moi, mon enfant, comment accorder cette intrigue avec son penchant pour Lovewell ?

MISS STERLING.

C'est ce qui m'a trompé, madame ; je prenais leurs chuchotements et leurs tête-à-tête indécents, pour la simple attraction de deux esprits vulgaires. Je vois trop tard qu'au lieu d'arranger leur insipide bonheur, ils conspiraient contre le mien. Mais je sais d'où provient le ressentiment de M. Lovewell. Je ne pouvais descendre à des familiarités avec le commis de mon père, et j'ai perdu sa protection.

MISTRESS HEIDELBERG.

Vous êtes digne de moi, mon enfant. *(Elle l'embrasse.)* Feu M. Heidelberg manqua son élection au parlement, parce que je ne pus jamais me résoudre à me voir embrasser par des savetiers ivres, et ces bêtes brutes de marchands de fromages, de charcutiers et de fabricants de chandelles. Cependant, ma nièce, je ne puis être tout-à-fait de votre opinion. Mon expérience et ma sagacité me font soupçonner quelque chose de plus entre Fanny et Lovewell, malgré l'affaire de sir John. J'avais l'œil sur eux tout le temps du déjeuner; j'observais sir John; il paraissait un peu confus; je ne savais rien cependant de ce qui s'était passé dans le jardin. Vous sembliez assise sur des épines; mais Fanny et Lovewell faisaient une tout autre figure, le vrai tableau de deux amants malheureux; Raphaël Angelo ne l'eût pas mieux peint. Pour sir John et Fanny, j'ai besoin de preuves matérielles.

MISS STERLING.

Des preuves matérielles, madame! Ne les ai-je pas surpris? sir John n'était-il pas à genoux à ses pieds? ne lui baisait-il pas la main? ne paraissait-il pas tout amour? elle toute confuse? Ne sont-ce pas là des preuves matérielles? Et ne vous rappelez-vous pas que sir John, quand mon père sortit pour aller trouver les avocats, quitta le déjeuner et le suivit immédiatement? — Et je parie que dans ce moment il lui a demandé la main de ma sœur. — Oh! si dans cet instant quelque autre personne, un comte, un duc demandait la mienne, quel plaisir de me venger de ce monstre!

MISTRESS HEIDELBERG.

Calmez-vous, mon enfant! vous serez lady Melvil en dépit de toutes leurs cabales, dut-il m'en coûter dix mille livres pour faire pencher la balance. Sir John peut s'adresser à mon frère; mais je leur ferai voir à tous qui gouverne dans cette famille.

MISS STERLING.

Oh! madame, voilà sir John. Le perfide! je ne puis supporter sa vue. Il faut que je vous quitte.

MISTRESS HEIDELBERG.

Pauvre petite! Bien, retirez-vous dans votre chambre, mon enfant; je vais le traiter comme il le mérite. Comptez sur moi... Je viendrai vous instruire du résultat de notre entrevue.

MISS STERLING.

Je vous attends, ma tante. — *(se retournant.)* Le perfide!

(Elle sort. — Entre sir John Melvil.)

SIR JOHN.

Votre très humble serviteur, madame!

(Il s'incline respectueusement.)

MISTRESS HEIDELBERG.

Votre servante, sir John.

(Elle fait une demi-révérence et boude.)

SIR JOHN.

La fuite de miss Sterling à mon approche et la froideur de votre réception ne me permettent pas de douter, madame, que vous ne soyez instruite de tout.

MISTRESS HEIDELBERG.

Je suis affligée, sir John, d'être instruite de tout ce qui peut changer ma bonne opinion des gens de qualité.

SIR JOHN.

Ma plus haute ambition a toujours été de mériter votre estime, madame; et quand vous pèserez les circonstances, je me flatte...

MISTRESS HEIDELBERG.

Oui, vous vous flattez, sir John, si vous avez pu croire que votre conduite envers ma nièce obtiendrait mon approbation. — Permettez-moi de vous le dire, sir John, vous vous êtes laissé entraîner à une action indigne de vous, sir John; et toute injure faite à miss Betsy est un affront pour moi-même, sir John.

SIR JOHN.

Dieu me garde de vous offenser, madame! mais j'en appelle à votre discernement, à votre justice: si j'en aime une autre, à tort ou à raison, n'est-il pas de mon honneur de renoncer à des engagements que je ne puis remplir? Vous excuserez d'ailleurs mon changement d'inclinations, je l'espère, puisque leur nouvel objet a, comme le premier, l'honneur d'être votre nièce.

MISTRESS HEIDELBERG.

Je la renie pour ma nièce, sir John; miss Sterling la renie pour sa sœur, et toute la famille doit la renier après sa basse et monstrueuse perfidie.

SIR JOHN.

Sur mon honneur! madame, miss Fanny ne mérite pas vos reproches; sa main et son cœur, j'en suis assuré, dépendent de votre seule volonté et de celle de monsieur Sterling. *(Entre Sterling sans être vu.)* Et si vous ne vous opposez pas à mon amour, je suis sûr du consentement de monsieur Sterling, madame.

MISTRESS HEIDELBERG.

Vous croyez?

SIR JOHN.

J'en suis certain, madame.

STERLING, *derrière.*

Ma foi! ils me semblent déjà en être à un accommodement; je puis me hasarder à paraître.

MISTRESS HEIDELBERG.

A votre mariage avec Fanny?

(*Sterling s'avance peu à peu.*)

SIR JOHN.

Oui, madame.

MISTRESS HEIDELBERG.

Mon frère a donné son consentement, dites-vous?

SIR JOHN.

De la manière la plus positive, avec la seule restriction de votre refus d'y consentir, madame. (*voyant Sterling.*) Ah! voici monsieur Sterling qui vous confirmera lui-même ce que je vous disais.

MISTRESS HEIDELBERG.

Eh quoi! auriez-vous consenti à abandonner ainsi votre fille, mon frère?

STERLING.

L'abandonner! non, non; l'abandonner! — jamais! — seulement dans le cas où — (*à part, à sir John.*) Peste! je crains que vous n'en ayez trop dit, sir John.

MISTRESS HEIDELBERG, *à part.*

Oui, oui. Ma nièce n'avait pas tort. Tout le monde est de complot contre elle. (*haut.*) Milord en est-il instruit?

SIR JOHN.

Pas encore, madame.

MISTRESS HEIDELBERG.

Non, sans doute; j'en étais certaine. — Ainsi donc, Sa Seigneurie et moi, on ne nous consulte qu'au dernier moment.

STERLING.

Quoi! vous n'avez pas consulté milord? Oh! fi! sir John, fi!

SIR JOHN.

Non, mais monsieur Sterling.

MISTRESS HEIDELBERG.

Allons, nous qui sommes les personnes qui ont le plus d'importance et d'expérience dans les deux familles, nous ne devons rien savoir que la chose ne soit pour ainsi dire conclue; mais Sa Seigneurie, j'en suis sûre, a trop de générosité pour autoriser de pareils procédés, et je n'attendais pas une pareille conduite d'une personne de votre qualité, sir John. Pour vous, mon frère...

STERLING.

De grâce, ma sœur, écoutez-moi!

MISTRESS HEIDELBERG.

Vous me faites honte. — Quoi! n'avez-vous pas d'âme? Vous intéressez-vous assez peu à l'honneur de votre famille pour consentir?...

STERLING.

Consentir! moi, consentir! Comme j'espère le pardon de Dieu pour mon âme, je ne donnerai jamais mon consentement. — Ai-je consenti, sir John?

SIR JOHN.

Pas absolument sans le concours de mistress Heidelberg, mais en cas de son approbation.

STERLING.

Oui, je vous l'accorde, j'ai dit, si ma sœur approuve. — C'est une toute autre chose, vous le savez bien.

MISTRESS HEIDELBERG.

Si votre sœur approuve! Vous devez mieux connaître votre sœur, mon frère Sterling. — Quoi! approuver qu'on vous remette votre fille aînée sur les bras et qu'on lui préfère sa cadette? — Je ne conçois pas comment vous avez pu prêter l'oreille à une aussi scandaleuse proposition.

STERLING.

Je vous dis encore que je n'y ai jamais prêté l'oreille. — Ne vous disais-je pas, sir John, que je me laisserais entièrement gouverner par ma sœur? — Et qu'à moins qu'elle ne consentît à votre mariage avec Fanny....

MISTRESS HEIDELBERG.

Moi consentir à son mariage avec Fanny! — Abominable! — Cet homme a tout-à-fait perdu l'esprit. — Votre belle sagesse prévoit-elle les conséquences de tout ceci, mon frère Sterling? Sir John prendra-t-il Fanny sans fortune? — Non! — Quand vous aurez assuré la plus grande partie de vos propriétés à votre plus jeune fille vous restera-t-il une dot suffisante pour l'aînée? — Non! — N'est-ce pas là un bouleversement complet de tout le système de la famille? — Oui, sans doute, oui! — Vous savez que j'ai toujours été d'opinion que ma nièce Betsy épousât un homme de la première qualité. C'était ma maxime, et par conséquent elle devait être de beaucoup avantagée. Quant à Fanny, si elle pouvait, avec une fortune de vingt à trente mille livres, décider un chevalier, un membre du Parlement ou un magistrat, n'était-ce pas au mieux?

SIR JOHN.

Mais si un meilleur parti se présente, madame, pourquoi ne serait-il pas accepté?

MISTRESS HEIDELBERG.

Quoi! aux dépens de la sœur aînée? Oh! fi! sir John! Comment pouvez-vous prêter l'oreille à de telles indignités, mon frère Sterling?

STERLING.

Moi? Je n'y prêterai pas l'oreille, je vous

le promets. — En vérité, je ne puis y prêter l'oreille, sir John.

MISTRESS HEIDELBERG.

Mais vous l'avez écouté, mon frère; vous l'avez écouté, et vous m'avez envoyé sir John pour me le proposer. Mais si vous abandonnez votre fille, je n'abandonnerai pas ma nièce. Ah! si mon pauvre mari, feu M. Heidelberg, et nos pauvres enfants, ces douces créatures, vivaient encore, ils ne se comportaient pas ainsi.

STERLING.

J'en appelle à vous, sir John. — Allons, parlez! (à part.) Tirez-moi d'affaire, ou nous sommes perdus.

SIR JOHN.

Mais certainement, pour dire la vérité...

MISTRESS HEIDELBERG.

Pour dire la vérité, je rougis pour vous deux. Mais prenez garde à ce que vous allez faire, mon frère! Prenez garde, vous dis-je! Les avocats sont dans la maison, à ce que j'apprends; si tout n'est pas arrangé selon mes désirs, je ne veux plus rien avoir à démêler avec vous, quand je vivrais encore cent ans. — Je passerai en Hollande, je me fixerai près de monsieur Vanderspraekon, le cousin germain de mon pauvre mari, et ma famille ne profitera jamais d'un denier de mon argent.

(Elle sort.)

STERLING.

J'en étais sûr; je savais qu'elle ne voudrait jamais y consentir!

SIR JOHN.

Quelle fatalité! Que faire, monsieur Sterling?

STERLING.

Rien.

SIR JOHN.

Quoi! rompre notre engagement à peine formé?

STERLING.

Il n'y a pas de remède, sir John. La famille, je vous l'ai déjà dit, attend beaucoup de ma sœur. — Vous l'entendez; elle menace de nous quitter. — Mon beau-frère Heidelberg était un homme cossu, — très cossu, et il mourut millionnaire au moins; millionnaire, je vous le garantis; il avait plus de quinze cent mille livres sterling.

SIR JOHN.

Fort bien; mais si je...

STERLING.

Et ma sœur se trouve en possession de trois ou quatre hypothèques solides, beaucoup d'argent dans les trois pour cent, et des rentes sur la Compagnie de la mer du Sud, sans compter qu'elle est intéressée pour de fortes sommes dans les fonds français et hollandais. Et tout cela, sir John, elle a l'intention d'en laisser la plus grande partie à notre famille.

SIR JOHN.

Tout ce que je puis dire, monsieur...

STERLING.

Sans doute, votre offre de déduire trente mille francs était une belle offre, sir John.

SIR JOHN.

Je consentirais même à...

STERLING.

Oui; mais si j'accepte contre sa volonté je perds plus de cent mille livres; ainsi la balance est contre vous, sir John.

SIR JOHN.

Mais n'y a-t-il donc aucun espoir d'obtenir le consentement de mistress Heidelberg?

STERLING.

Je le crains. — Cependant, sa première irritation un peu calmée, — car elle est très irritable, — vous pourrez tenter encore; mais ne vous servez plus de mon nom, sir John.

SIR JOHN.

Si j'obtenais l'intervention de lord Ogleby, croyez-vous qu'il eût aucune influence sur elle?

STERLING.

Je lui crois plus de chances de succès que personne. Elle a une estime pour lord Ogleby! elle aime un lord par-dessus tout.

SIR JOHN.

Je m'adresse à lui aujourd'hui même. — Et s'il décidait mistress Heidelberg, je puis compter sur votre amitié, monsieur Sterling?

STERLING.

Oui, oui, très heureux de vous obliger quand c'est en mon pouvoir.

SIR JOHN.

Quelle situation est la mienne! rompant avec celle que je m'étais engagé d'accepter pour femme, repoussé par l'objet de mes affections, et brouillé avec cette femme acariâtre qui gouverne toute la famille! — Et cependant les obstacles ne font qu'accroître mon amour. Oui, Fanny sera ma femme. Je vais trouver lord Ogleby, et s'il parvient à mettre la tante dans nos intérêts, son influence surmontera tous les scrupules ainsi que la délicatesse de ma chère Fanny, et je serai le plus heureux des hommes!

ACTE QUATRIÈME.

SCÈNE I.

Un appartement.

Entrent STERLING, MISTRESS HEIDELBERG *et* MISS STERLING.

STERLING.

Eh quoi! vous envoyez Fanny à Londres, ma sœur?

MISTRESS HEIDELBERG.

Demain matin, et j'ai donné mes ordres à cet effet.

STERLING.

Mais, ma sœur...

MISTRESS HEIDELBERG.

Je le veux!

STERLING.

Mais considérez, ma sœur, dans un pareil moment, le ridicule de la chose.

MISTRESS HEIDELBERG.

Je n'y vois pas la moitié du ridicule de votre conduite, mon frère. J'exige qu'elle parte demain matin.

STERLING.

Je crains, Betsy, que tout cela ne soit votre faute.

MISS STERLING.

Non, vraiment, papa; ma tante le sait, je n'y suis pour rien. — Malgré toute la bassesse de Fanny à mon égard je ne voudrais pas, pour tout au monde, lui faire le moindre tort dans votre esprit et dans l'esprit de ma tante.

MISTRESS HEIDELBERG.

Silence! Betsy; j'agis comme il me plaît. — Fanny emballée pour Londres, tout ira comme tout doit aller. — Puisqu'ils complottent, je leur ferai voir que la vigueur ne manque pas de notre côté, et la manière dont nous nous débarrassons d'elle est le préliminaire de mes autres mesures.

STERLING.

Bien; mais, ma sœur...

MISTRESS HEIDELBERG.

A quoi bon ce bavardage, mon frère? J'ai résolu ce départ, et elle partira. *(a miss Sterling.)* Venez, mon enfant. *(a M. Sterling.)* La chaise de poste sera devant la porte à six heures du matin; et si miss Fanny n'y montait pas... Mais je le veux; n'en parlons plus. *(Elle sort fièrement avec miss Sterling, puis revient sur ses pas.)* Encore un mot, mon frère. — Vous allez, je l'espère, prendre par la main votre fille aînée et vous plaindre formellement à milord de la conduite de sir John. — Faites-le, mon frère; — montrez vous-même un zèle convenable pour l'honneur de votre famille, et comptez sur moi pour son élévation. Sinon... — mais vous connaissez ma volonté; agissez comme il vous plaira, et subissez-en les conséquences.

(Elle sort.)

STERLING.

Les femmes ont le diable au corps pour la tyrannie! — Mères, femmes, maîtresses ou sœurs, elles prétendent toujours nous gouverner. — Pour ma sœur Heidelberg, elle connaît le pouvoir de sa bourse et nous tient par-là. *(la contrefaisant.)* « Je veux ceci et je veux cela, et cela sera, — ou la famille n'aura pas un denier de... » — Elle est d'un despotisme avec son argent! — Mais, à dire vrai, c'est l'argent seul qui nous rend absolu, et il faut en passer par-là.

(Il sort.)

SCÈNE II.

Le théâtre représente le jardin.

Entrent LORD OGLEBY *et* CANTON.

OGLEBY.

Mademoiselle Fanny envoyée à Londres! — Pourquoi? — à quel propos? — Que veut dire tout cela?

CANTON.

Ché ne sais bas. — Ché ne sais rien.

OGLEBY.

Cela ne peut être et ne sera pas. — Je proteste contre ce départ. C'est une charmante fille, et j'aimerais mieux voir tout le reste de la famille au diable que de consentir à son départ. — Son butor de père, la pure essence de Change-Alley; — sa tante, qui veut être absolument une grande dame; — et cette impertinente petite sœur, qui ne cesse de se pavaner, sont une horrible compagnie, sur mon honneur! et seraient insupportables sans elle. Cette jolie petite Fanchon! N'est-elle pas à ravir, hé! Canton?

CANTON.

Il y a peaucoup te symbathie entre elle et fous, milord.

OGLEBY.

Moi, rester parmi ces Goths, ces Vandales, vos Sterling, vos Heidelberg et tous les berg du diable! — Si elle part, je pars.

CANTON.

Tans la même chaise, hé, milort? Fous n'afez pas d'opjection, je crois, ni matemoiselle non plus. — Ha! ba! ha!

OGLEBY.

Trève de ton sot bavardage, Canton! Ta stupidité suisse s'imagine-t-elle qu'on jouisse de la vue et de l'entretien d'une jolie femme sans désirs? — Mes yeux subissent involontairement l'attraction de la beauté.

CANTON.

Et la peauté supit la même attraction fers fous, milort; ha! ha! ha! Fous folez touchours ensemple comme une baire de bigeons!

OGLEBY.

Comme une paire de pigeons, — ha! ha! — Vous êtes un sot, monsieur Canton. — Vous ne rêvez qu'intrigues d'amour et prenez au sérieux le moindre badinage, vieux fou!

CANTON.

Ché suis un fou, ché le confesse; mais pas touchours en cela, milort; hé! hé! hé!

OGLEBY.

Hé! hé! hé! — Vous êtes incorrigible, Canton; mais vos absurdités sont amusantes. Je vous compare à mon tabac à priser, (*il tire sa tabatière.*) une superfluité des plus ridicules; mais une prise par-ci par-là est une distraction exquise.

CANTON.

Fous me faites peaucoup t'honneur, milort.

OGLEBY.

Non, vrai, sur mon ame! je vois en vous ma poudre céphalique, monsieur Canton, et un assez bon préservatif contre les migraines, les vertigo et les pensées profondes. — Ha! ha! ha!

CANTON.

Fotre flatterie, milort, fa me rentre trop fier.

OGLEBY.

La petite a sans doute un pen de partialité pour moi. Mais regarde, Canton, n'est-ce pas miss Fanny qui vient là-bas?

CANTON, *prenant une lorgnette.*

En férité, c'est elle, milort; — l'un tes teux bigeons t'amour.

OGLEBY, *souriant.*

Toujours ridicule, vieux singe!

CANTON.

Ché suis un singe, ché suis fieux; mais ch'ai tes yeux, ch'ai tes oreilles et un beu l'intelligence bar-ci bar-là.

OGLEBY.

Chut donc, imbécile!

CANTON.

Elle fous attend, milort. — Elle feut fous faire l'amour.

OGLEBY.

Elle le veut? Je vole vers elle. Une jolie femme!... En vérité, Canton, je me sens d'une légèreté!... Allons, Canton! Elle est dans l'allée voisine; — mais il y a tant de zig-zag, de cric-crac, comme dit Sterling, qu'on voit les gens une demi-heure avant d'être auprès d'eux. Allons, Canton! allons donc!

(*Ils sortent en fredonnant.*)

SCÈNE III.

Une autre partie du jardin.

LOVEWELL, FANNY.

LOVEWELL.

Ma chère Fanny, je ne puis supporter votre inquiétude; elle triomphe de mes résolutions, et je suis décidé à tout avouer.

FANNY.

Mais comment le pourrez-vous avant mon départ?

LOVEWELL

Voici, Fanny. — Lord Ogleby penche en votre faveur; tout semble le prouver; et malgré les petits ridicules de ses manières, milord a bon cœur, j'en suis sûr. Sa vanité est excessive; mais il a un bon naturel, et il ferait tout pour obliger une femme. — Déclarez-lui notre mariage; ne perdez pas un instant. Vos paroles auront plus de persuasion que les miennes, et, je n'en doute pas, vous obtiendrez à la fois son amitié et sa protection. Son influence et son autorité feront cesser les importunités de sir John; il apaisera la colère, les soupçons injustes de votre tante et de votre sœur, et nous verrons, je l'espère, votre père et toute la famille réconciliés à ce mariage.

FANNY.

Que le ciel vous entende! Mais où est milord?

LOVEWELL.

Depuis le déjeuner, je les entends, lui et Canton, chanter des airs français sous le grand noisetier, à la porte du salon. Si vous le rencontrez, révélez-lui tout à l'instant.

FANNY.

Cette tâche est terrible; mais il le faut. Tout est préférable à notre anxiété.

LOVEWELL.

Je paraîtrai pour vous seconder quand le premier aveu sera fait. — Ah! voilà milord. — Allons, ma chère Fanny! rassemblez tout votre courage; plaidez vivement notre cause et soyez sûre du succès.

(Il s'éloigne.)

FANNY.

Ah! ne me quittez pas!

LOVEWELL.

Je ne puis demeurer.

FANNY.

Eh bien! puisqu'il le faut, je vous obéirai, si j'en ai la force, Lovewell!

LOVEWELL.

Considérez notre situation critique. Vous partez demain, et, cette occasion perdue, nous pouvons en désirer vainement une autre. — Il approche. — Je dois me retirer. — Parlez, ma chère Fanny! parlez; il y va de notre bonheur!

(Il sort.)

FANNY.

Grands dieux! quelle situation est la mienne! Que faire? que lui dire? Je suis toute tremblante.

(Entrent lord Ogleby et Canton.)

OGLEBY.

Trouver tant de beauté dans la solitude, madame, c'est une satire du genre humain; et il est heureux qu'un homme ait interrompu votre rêverie pour l'honneur de notre sexe. Je dis un homme, car ce pauvre Canton, avec son âge et ses infirmités, ne doit compter...

CANTON.

Bour rien tu tout, milort, en férité.

FANNY.

Votre Seigneurie me fait trop d'honneur. — J'avais une faveur à vous demander, milord!

OGLEBY.

Une faveur, madame! — mais c'en est une inexprimable pour moi d'être honoré de vos commandements.

FANNY.

Si Votre Seigneurie pouvait m'accorder l'honneur d'un instant... — *(à part.)* Je ne sais ce que j'éprouve.

OGLEBY, *à part.*

La petite est confuse. — Hé! il y a quelque chose de nouveau, ma foi! — Je vais avoir un tête-à-tête avec elle. — *(à Canton.)* Allez-vous-en!

CANTON.

Ché m'en fais. — Ah! baufre matemoiselle! Milort! ayez bitié du baufre bigeon!

OGLEBY, *souriant.*

Encore une impertinence, Canton, et je vous assomme.

CANTON.

Alors ché me saufe. *(Il fait un demi-tour.)*

Fous n'êtes bas fâché te tout cela? hé! hé! milort!

(Il sort.)

FANNY, *à part.*

Je meurs de peur.

OGLEBY, *à part.*

Charmante enfant! — Elle est civilisée du moins, et rachète la barbarie du reste de la famille.

FANNY.

Milord! je...

(Elle fait une révérence et rougit.)

OGLEBY.

Je place, madame, au nombre des instants les plus fortunés de ma vie celui où vous m'honorez de vos ordres et où ma bouche peut vous confirmer ce que mes yeux peut-être ont exprimé trop vivement, — que je suis à la lettre, madame, — le plus humble de vos serviteurs.

FANNY.

Je m'estime très heureuse, milord, de la faveur dont Votre Seigneurie m'honore; mais ce qui m'afflige, c'est d'être obligée de recourir à votre protection.

OGLEBY.

Je suis heureux de votre embarras, madame, puisqu'il me donne l'occasion de vous prouver mon zèle. La beauté pour moi, madame, est une religion où je suis né; nourri dans son fanatisme, je voudrais mourir son martyr. — *(à part.)* D'honneur, je suis en verve!

FANNY.

Il n'existe pas, en ce moment peut-être, milord, de femme plus à plaindre que moi. L'attachement, le devoir, l'espérance, le désespoir, je ne sais combien de passions opposées se combattent dans mon cœur; la présence même de Votre Seigneurie, dont la protection est mon seul asile, ajoute encore à ma perplexité.

OGLEBY.

En vérité, madame? — *(à part.* Par Vénus! — mon ancien défaut, le diable est en moi pour troubler le repos des jeunes femmes. *(souriant.)* Rassurez-vous, madame! Ma chère miss Fanny, expliquez-vous. — Vous avez là un puissant avocat, *(montrant son cœur.)* je vous l'assure. — Madame, — je vous suis attaché par toutes les lois de la sympathie! — oui, sur mon honneur, madame!

FANNY.

Je vous avouerai tout. — Sir John Melvil, milord, par la déclaration d'amour la plus inconvenante, m'a rendue la plus malheureuse des femmes.

OGLEBY.

Comment, madame! sir John s'est adressé...

FANNY.

Oui, milord, dans les termes les plus forts. Mais je crois inutile de dire que mes devoirs envers mon père, mon amitié pour ma sœur, mes égards pour toute la famille, et mon respect pour vous, milord, m'ont fait repousser comme je devais...

OGLEBY.

Charmante enfant! — Continuez, ma chère Fanny, continuez.

FANNY.

Dans un instant. — Permettez-moi, milord! Mais si l'aveu que j'ai à vous faire devait être reçu avec mécontentement et déplaisir...

OGLEBY.

Impossible! Par tout ce qu'il y a de plus tendre! je vous en conjure, parlez, ou, sans en entendre davantage, je vais interpréter...

FANNY.

Eh bien! milord, les prétentions de sir John, blessantes en elles-mêmes, me le semblent encore plus, parce que...

OGLEBY.

Parce que, madame!

FANNY.

Parce que... — Pardonnez ma confusion. — Mon cœur tout entier appartient à un autre.

OGLEBY, *à part.*

Si cela n'est pas clair, le diable s'en mêle. *(haut.)* Mais dites-moi, ma chère Fanny, je dois le savoir; expliquez-moi comment... — dites-moi...

(Entre Canton précipitamment.)

CANTON.

Milort! milort! milort!

OGLEBY.

Le diable emporte l'impertinent! Comment osez-vous m'interrompre dans le plus beau des moments que je dois à l'amour et à la beauté!

CANTON.

Je fous temande parton, milort. Sir John Melvil, milort, m'envoie fous prier te lui faire l'honneur t'un moment t'autience.

OGLEBY,

Je n'en ai pas le loisir; — je suis affairé. — Va-t-en, vieil ours de Berne, ou...

CANTON.

Fort pien, milort.

(Il s'en va sur la pointe des pieds.)

OGLEBY.

Par les lois de la galanterie, madame, cette interruption mériterait la mort; mais l'amour triomphant plaide pour le coupable et le renvoie pardonné. Retournons, madame, au faîte de l'exaltation et de l'extase. *(à part.)* Une déclaration d'amour des lèvres de la beauté!

FANNY, *à part,*

Je ne pourrai jamais lui tout avouer; et cependant ce fatal secret...

OGLEBY, *à part.*

Quelle passion dans ses yeux! Je suis tout agité. *(haut.)* Je présume, madame (et votre confiance doit m'excuser), je présume...

FANNY.

Excusez, milord, mon importune confiance, et promettez-moi votre intérêt, car mon bonheur ou mon infortune dépend surtout...

OGLEBY.

De moi, madame?

FANNY.

De vous, milord.

(Elle soupire.)

OGLEBY, *à part,*

Il est impossible d'y tenir; la contagion me gagne; sa tendresse me pénètre.

FANNY.

Et si vous jugiez trop sévèrement ma faute, née de l'amour, et que la modestie a longtemps dissimulée...

OGLEBY, *lui prenant la main.*

Créature enchanteresse! commande à ce cœur que tu as vaincu; exprime tes désirs vertueux et jouis de ton triomphe.

FANNY.

Je ne puis, milord; en vérité, je ne puis. M. Lovewell vous fera connaître mes infortunes; et quand vous les connaîtrez, j'en suis sûre, vous en prendrez pitié; vous me protégerez.

(Elle sort tout en larmes.)

OGLEBY.

Comment le diable a-t-il fait pour l'amener là! — C'est trop fort; — c'est trop fort. — Je ne puis le supporter; — je cède à cette aimable faiblesse. *(Il s'essuie les yeux.)* La sympathie déborde mon cœur et je ressens tout ce que j'ai inspiré. *(Il essuie une larme.)* Ai-je pu être si aveugle aux ravages que je causais! Pouvais-je m'imaginer qu'un peu d'attention et de galanterie pour cette jeune créature formeraient cet orage de passion? Puis-je être homme et résister? Non. — Je lui sacrifierai tout son sexe. Mais voici son père tout-à-fait à propos. J'expose les circonstances, je conclus l'affaire avec lui, et demain matin j'emmène la douce enfant à Ogleby-house. Mais que diable! miss Sterling aussi! De quel côté souffle donc le vent? Encore une conquête! Oh! non, ce serait mettre la désolation dans la famille.

(Entrent M. Sterling et miss Sterling.)

STERLING.

Votre serviteur, milord! J'accompagne

ma fille pour une affaire fort peu agréable.
Parlez à milord, Betsy.

OGLEBY.

Vos yeux, miss Sterling, car j'aime à lire
dans les yeux d'une jeune dame, trahissent
quelque petite émotion. Qu'ordonnez-vous
de moi, madame?

MISS STERLING.

Je n'ai que trop de raisons d'être émue,
milord.

OGLEBY.

Je ne puis approuver la conduite de mon
parent, madame. Il s'est comporté en chevalier déloyal, je dois en convenir. J'ai ap-
pris son apostasie; miss Fanny m'en a instruite.

MISS STERLING.

La conduite indigne de miss Fanny a causé
l'inconstance de sir John.

OGLEBY.

Ah! maintenant, ma chère miss Sterling,
votre passion vous emporte trop loin. Que
sir John soit devenu amoureux de miss Fanny,
cela peut être; mais, croyez-moi, miss Fanny
n'a jamais aimé sir John. Elle aime, il est
vrai, et de l'amour le plus tendre; elle
m'a ouvert toute son ame et je sais où sont
placées ses affections.

MISS STERLING.

Ce n'est pas M. Lovewell, milord; car son
attachement simulé pour lui n'était qu'un
prétexte.

OGLEBY.

Lovewell? non. Pauvre garçon! elle ne
pense pas à lui.

(Il sourit.)

MISS STERLING.

Prenez garde, milord, que les deux familles ne soient dupes des artifices de sir
John et de la dissimulation de ma sœur!
Vous ne la connaissez pas, milord, vous ne
la connaissez pas. Basse, insinuante, perfide! — Non, c'est plus fort que moi. — Elle
m'a devancé, je le vois bien. Une conduite
si dénaturée envers moi! — Mais puisqu'on
me refuse justice, je suis résolue à me venger par tous les moyens.

(Elle sort.)

STERLING.

Voilà une triste affaire, milord.

OGLEBY.

J'ai trop de sensibilité pour résister aux
pleurs de la beauté.

STERLING.

C'est bien touchant, milord, et surtout
pour un père.

OGLEBY.

Sans doute, monsieur! votre embarras
doit être extrême! Aussi, pour faire diver-
sion à votre sensibilité trop vive, que ne chan-
geons-nous de sujet? Si nous parlions d'affaires?

STERLING.

De tout mon cœur, milord.

OGLEBY.

Eh bien! vous le voyez, monsieur Sterling,
il n'y a plus d'union possible entre nos familles par le mariage proposé.

STERLING.

J'en suis très affligé, milord.

OGLEBY.

Êtes-vous bien déterminé à vous allier à
notre maison, monsieur Sterling.

STERLING.

C'est quant à présent mon seul désir, mon
omnium, comme je l'appellerai.

OGLEBY.

Vos vœux seront accomplis.

STERLING.

Accomplis, milord! — mais comment, comment?

OGLEBY.

Je me marie dans votre famille.

STERLING.

Avec ma sœur Heidelberg?

OGLEBY.

Vous me donneriez la fièvre, monsieur
Sterling. Non, non pas avec votre sœur, mais
avec votre fille.

STERLING.

Avec ma fille?

OGLEBY.

Miss Fanny; voilà le grand mot lâché.

STERLING.

Quoi! vous, milord?

OGLEBY.

Oui; moi, moi, monsieur Sterling.

STERLING, *souriant.*

Non, non, milord; c'est trop fort.

OGLEBY.

Trop fort! je ne vous comprends pas.

STERLING.

Quoi! vous, milord, épouser Fanny! Miséricorde! que dirait le monde?

OGLEBY.

Pourquoi? que dirait-il?

STERLING.

Que vous êtes un homme bien hardi, milord, et voilà tout.

OGLEBY.

Monsieur Sterling, c'est de l'esprit qui peut
avoir cours dans la cité. Recherchez-vous
mon alliance?

STERLING.

Certainement, milord.

OGLEBY.

Alors, écoutez-moi. — Mon neveu ne veut
pas épouser votre fille aînée, ni moi non plus.

— Votre cadette ne veut pas de mon neveu; j'épouse votre cadette.

STERLING.

Quoi! avec la dot d'une cadette, milord?

OGLEBY.

Avec une dot quelconque ou sans dot aucune, monsieur. L'amour est l'idole de mon cœur et le démon de l'intérêt est vaincu par l'amour. Ainsi donc, monsieur, je veux épouser votre plus jeune fille, et votre plus jeune fille veut m'épouser.

STERLING.

Qui vous l'a dit, milord?

OGLEBY.

Elle-même, monsieur.

STERLING.

En vérité?

OGLEBY.

Oui, monsieur, notre affection est mutuelle, et vous y gagnez double et triple; votre fille est du premier coup comtesse; je suis le plus heureux des mortels, et vous êtes le père d'un comte au lieu de l'être d'un baronnet.

STERLING.

Mais que diront ma sœur et ma fille Betsy?

OGLEBY.

Je prends cela sur moi, et, si elles ne consentaient pas, je vous enlève votre fille en dépit de vous.

STERLING.

Bravo, milord! voilà de l'ame. Je vous souhaiterais ma constitution; mais êtes-vous résolu à risquer la chose?... oh! je n'ai pas d'objection si ma sœur n'en a pas.

OGLEBY.

Je réponds de votre sœur, monsieur. A propos! les avocats sont dans la maison; je fais rédiger les articles et toute l'affaire se conclut demain matin.

STERLING.

Fort bien. J'expédie Lovewell à Londres pour de nouveaux papiers dont j'aurai besoin, et je vous laisse ménager les choses avec ma sœur. Vous m'excuserez, milord, mais je ne puis m'empêcher de rire de cette union. — Hé! hé! hé! que dira le monde?

(Il sort.)

OGLEBY.

Quel homme je vais avoir là pour beau-père! pas plus de sentiment que les piliers de son magasin. — Mais les vertus de Fanny me rendent à mon extase et je ne veux plus penser au reste de la famille.

(Entre Lovewell avec précipitation.)

LOVEWELL.

Je vous demande pardon, milord. Sommes-nous seuls, milord?

OGLEBY.

Non, milord, je ne suis pas seul; je suis en compagnie, dans la meilleure compagnie!

LOVEWELL.

Milord!

OGLEBY.

Non, jamais je ne fus dans une compagnie plus enchanteresse depuis le jour, où, pour la première fois, mon cœur connut l'amour et la beauté.

LOVEWELL.

Je ne vois personne, milord! *(Il promène ses regards autour de lui et ajoute en souriant.)* Quelle compagnie avez-vous donc, milord?

OGLEBY.

Mes propres idées, monsieur, qui se pressent tellement dans mon imagination, et y produisent une telle extase que l'esprit, le vin, la musique, la poésie, combinés ensemble, et tout ce qu'il y a de plus parfait ou de plus délicieux au monde enfin, ne sont que des ombres mortelles de mon indicible félicité!

LOVEWELL.

Je vois que Votre Seigneurie est heureuse et je m'en réjouis.

OGLEBY.

Vous vous en réjouirez, monsieur; ma félicité ne sera pas concentrée avec égoïsme, mais répandra son influence sur tout le cercle de mes amis. Ai-je besoin de vous dire, Lovewell, que vous en aurez votre part?

LOVEWELL.

Ma part, milord? — Alors je vous comprends; vous savez, — miss Fanny vous a instruit...

OGLEBY.

Elle a parlé, j'ai entendu et elle sera heureuse; c'est résolu.

LOVEWELL.

Alors je suis au comble de mes vœux. Mais Votre Seigneurie pardonnera-t-elle une faute?..

OGLEBY.

Oh! oui. Pauvre créature! pouvait-elle l'empêcher? C'était inévitable : — le destin et la nécessité.

LOVEWELL.

Sans doute, milord. Votre bonté me confond.

OGLEBY.

C'était la même chose avec la pauvre enfant.

LOVEWELL.

Elle tremblait de découvrir son secret, de déclarer ses affections.

OGLEBY.

Le monde, je l'espère, ne trouvera pas ses affections mal placées.

LOVEWELL, *s'inclinant.*

Vous êtes trop bon, milord. — Et vous excusez réellement une imprudence...

OGLEBY.

Du plus profond de mon ame, Lovewell.

LOVEWELL.

Votre générosité me confond. *(s'inclinant.)* Je craignais pour elle une froide réception.

OGLEBY.

Êtes-vous fou?

Lorsque c'est la beauté qui s'adresse à ce cœur,
Elle y trouve toujours un ardent défenseur.

Qu'elle est jolie, Lovewell !

LOVEWELL.

Sa beauté, milord, est son moindre mérite. Son esprit...

OGLEBY.

Son choix m'en est une preuve convaincante.

LOVEWELL, *s'inclinant.*

Votre Seigneurie est trop bonne. Son choix était désintéressé.

OGLEBY.

Non, non; pas absolument. Mais s'il a commencé par l'intérêt, il a fini par la passion.

LOVEWELL.

En vérité, milord, si vous connaissiez la bonté de son cœur, les charmes de son esprit, comme vous connaissez les attraits de sa figure et de sa personne...

OGLEBY.

Je suis parfaitement convaincu de leur existence, et si complètement de votre avis sur toutes les qualités de cet ange, que sans les retards qu'impose une loi froide et insensible, je l'épouserais demain matin.

LOVEWELL.

Milord !

OGLEBY.

Oui, j'en jure par tout ce qu'il y a d'honorable dans l'homme et d'adorable dans la femme !

LOVEWELL.

L'épouser !—Qui voulez-vous dire, milord?

OGLEBY.

Celle qui est aujourd'hui miss Fanny Sterling et qui sera bientôt comtesse d'Ogleby.

LOVEWELL.

Je suis stupéfait !

OGLEBY.

Quoi, pouvez-vous attendre moins de moi ?

LOVEWELL.

Je ne m'attendais pas à cela, milord.

OGLEBY.

Le commerce et les calculs ont desséché votre sensibilité.

LOVEWELL.

Non, en vérité, milord.

(Il soupire.)

OGLEBY.

Du moment où l'amour et la pitié entrèrent dans mon ame, je résolus de me plonger dans le mariage et d'abréger les tourments de la pauvre enfant. — Je ne fais pas les choses à demi ; qu'en dites-vous, Lovewell?

LOVEWELL.

Non, en vérité, milord. *(Il soupire.)* Quel nouvel incident !

OGLEBY.

Qu'est-ce donc, Lovewell? vous semblez avoir perdu l'esprit. Que ne me souhaitez-vous joie et prospérité, jeune homme?

LOVEWELL.

Oh ! je vous les souhaite, milord.

(Il soupire.)

OGLEBY.

Elle disait que vous m'expliqueriez ce qu'elle n'avait pas la force de prononcer ; mais je n'ai pas besoin d'interprète pour le langage de l'amour.

LOVEWELL.

Mais Votre Seigneurie a-t-elle considéré les conséquences de sa résolution?

OGLEBY.

Non, monsieur, je suis au-dessus de toute considération quand mon cœur est enflammé.

LOVEWELL.

Mais considérez-en les conséquences, milord, pour votre neveu sir John.

OGLEBY.

Sir John lui-même n'en a considéré aucune, monsieur Lovewell.

LOVEWELL.

M. Sterling, milord, refusera certainement sa fille à sir John.

OGLEBY.

Sir John a déjà refusé la fille de M. Sterling.

LOVEWELL.

Que deviendra miss Sterling, milord?

OGLEBY.

Que vous importe, à vous? — Prenez-la, si vous voulez. Je compte sur la philosophie bourgeoise de M. Sterling, pour lui faire accepter lord Ogleby pour gendre au lieu de sir John Melvil, baronnet. Ne croyez-vous pas que votre maître se rende à cet arrangement sans avoir recours à l'arithmétique? Eh ! Lovewell !

LOVEWELL.

Mais, milord, ce n'est pas la question.

OGLEBY.

Quelle que soit la question, voici la réponse: —Je suis amoureux d'une femme charmante et je suis résolu à l'épouser. *(Entre sir John Melvil.)* Quelle nouvelle, sir John? — Vous paraissez toute hâte et toute impatience, — comme un messager après le combat.

SIR JOHN.

Après le combat, en effet, milord. J'ai eu aujourd'hui un rude engagement, et n'ayant pas Votre Seigneurie pour auxiliaire, j'ai pris enfin la résolution de vous déclarer ce dont mon devoir envers vous et moi-même réclamait depuis long-temps l'aveu.

OGLEBY.

Aux affaires donc, et soyez aussi concis que possible, car j'ai des ailes qui m'enlèvent. — Eh ! Lovewell ?

(Il sourit, Lovewell s'incline.)

SIR JOHN.

Il est impossible, milord, de lutter contre la force des inclinations.

OGLEBY.

Vous avez raison, mon neveu ; je suis votre second et j'appuie la motion. — Ai-je tort, Lovewell ?

(Il sourit, et Lovewell s'incline.)

SIR JOHN.

La générosité de Votre Seigneurie m'encourage à vous dire que je ne puis épouser miss Sterling.

OGLEBY.

Je n'en suis nullement surpris. — C'est une potion amère, il faut l'avouer ; mais comme c'était à vous de l'avaler et non à moi, c'était votre affaire et non la mienne. — Qu'avez-vous encore ?

SIR JOHN.

Une seule grace, milord ; qu'il me soit permis de faire ma cour à l'autre sœur.

OGLEBY.

Certainement, par tous les moyens. — Avez-vous quelques espérances de ce côté-là, mon neveu ? — Croyez-vous qu'il réussisse, Lovewell ?

(Il sourit, et fait un signe d'intelligence à Lovewell.)

LOVEWELL.

Je ne le crois pas, milord.

OGLEBY.

Ni moi non plus. Mais qu'il essaie.

SIR JOHN.

Que Votre Seigneurie daigne m'accorder ses bons offices pour écarter le principal obstacle, la répugnance de mistress Heidelberg.

OGLEBY.

Mistress Heidelberg ? — Ne vaudrait-il pas mieux commencer par la jeune dame ? Cela vous épargnerait bien des embarras ; qu'en dites-vous, Lovewell ? *(avec affectation.)* Vous ne riez pas !

LOVEWELL.

Je ris, milord.

(Il s'efforce de sourire.)

SIR JOHN.

Et Votre Seigneurie se charge d'obtenir de mistress Heidelberg son consentement à mon mariage avec Fanny ?

OGLEBY.

Je vais parler à mistress Heidelberg de l'adorable Fanny aussitôt que je le pourrai.

SIR JOHN.

Votre générosité me transporte.

OGLEBY, *à part.*

Pauvre enfant ! quelle dupe ! Il ne soupçonne pas qui est en possession de la citadelle.

SIR JOHN.

Et Votre Seigneurie n'est nullement offensée de cette inconstance apparente ?

OGLEBY.

Aucunement. Les charmes de Fanny excusent même l'infidélité ; je regarde les femmes comme le *feræ naturæ*, — le gibier permis, — et tout homme qui se sent chasseur a un droit naturel de les poursuivre, — Lovewell tout aussi bien que vous, et moi aussi bien que vous deux. — Chacun fera de son mieux, sans que personne s'en offense. — Qu'en dites-vous, mes chers amis ?

SIR JOHN.

Vous me rendez heureux, milord.

LOVEWELL.

Et moi de même, je vous l'assure, milord.

OGLEBY.

Et moi, je suis heureux au superlatif. — Allons donc ! — à cheval et en avant, mes amis ! — vous à vos affaires, moi aux miennes. — Suivons l'amour.

ACTE CINQUIÈME.

SCÈNE I.

L'appartement de Fanny.

Entrent LOVEWELL *et* MISS FANNY, *suivis de* BETTY.

FANNY.

Pourquoi venir sitôt, monsieur Lovewell? On n'est pas encore couché, et Betty est sûre d'avoir entendu quelqu'un qui écoutait à la porte de la chambre.

BETTY.

Ma maîtresse a raison, monsieur; les mauvais esprits rôdent à l'entour; vous êtes trop bons tous les deux pour n'en avoir rien à craindre.

LOVEWELL.

Mais qui peut être si curieux ou si méchant?

BETTY.

Je crois que nous avons assez de méchanceté et de curiosité dans la famille pour que nous puissions nous attendre au pis.

FANNY.

Hélas! je tremble en effet. — Je t'en prie, Betty, retourne à la porte extérieure, et écoute si tu entends quelqu'un dans le corridor.

BETTY.

Comptez sur moi, madame. — Le ciel vous bénisse tous deux !

FANNY.

Pourquoi mon père vous a-t-il demandé ce soir?

LOVEWELL.

Il m'a donné la clef de son cabinet, avec ordre d'apporter de Londres des papiers relatifs à lord Ogleby.

FANNY.

Et pourquoi ne pas obéir?

LOVEWELL.

J'étais persuadé que lord Ogleby lui avait déclaré ses prétentions et que ces papiers étaient demandés dans ce seul but. — Comme nous devons tout révéler ce matin, ils devenaient inutiles et mon voyage ne signifiait plus rien.

FANNY.

Chut! chut! Mon Dieu! comme je tremble! C'en est trop pour moi, monsieur Lovewell.

LOVEWELL.

Pour moi de même, ma chère.

FANNY.

Vos craintes m'ôtent tout mon courage.

LOVEWELL.

Mais qui peut vous alarmer? Votre tante et votre sœur sont dans leurs chambres et vous n'avez rien à craindre du reste de la famille.

FANNY.

Je crains tout le monde et tout me fait peur à chaque instant. — Mon esprit est dans une agitation continuelle; en vérité, monsieur Lovewell, cette situation peut avoir des conséquences bien funestes.

(Elle pleure.)

LOVEWELL.

Il n'en sera pas ainsi. — J'aimerais mieux raconter notre histoire à toute la maison, au risque d'être condamné au plus rude travail pour vous faire vivre, que de vous laisser dans ces angoisses. Sacrifierai-je mes plus chères espérances, votre bonheur, votre santé, aux viles considérations de la fortune? Fussions-nous abandonnés par tous nos parents, n'avons-nous pas dans nos cœurs ce qui vaut mieux que l'opulence? Si je vous ai proposé de tenir notre mariage secret, c'était pour vous seule, dans l'espoir de diminuer les sacrifices que me faisait votre amour, en attendant l'instant propice pour une réconciliation.

FANNY.

Chut! chut! Au nom du ciel! mon cher Lovewell, soyez plus calme; votre générosité trompe votre prudence; on vous entendra et nous serons découverts. — Je suis satisfaite, — oui, je le suis. — Excusez ma faiblesse, ma délicatesse ou de quelque nom que vous l'appeliez; — mon esprit est tranquille, — je vous l'assure; — n'y pensez plus, si vous m'aimez.

LOVEWELL.

Ce seul mot exerce sur moi son charme magique et je me soumets entièrement à vous; ce serait la plus noire ingratitude de vous affliger un seul instant.

(Il l'embrasse. — Rentre Betty.)

BETTY, *à voix basse.*

Je suis fâchée de vous interrompre.

FANNY.

Ah! qu'y a-t-il donc?

LOVEWELL.

Avez-vous entendu quelqu'un?

BETTY.

Oui, oui, j'ai entendu; et ils vous ont entendu aussi ou je me trompe. — Il ne leur

manquait plus que de vous voir et nous au-
rions été dans un bel embarras!

FANNY.

De grace, ne babille pas, Betty!

LOVEWELL.

Qu'avez-vous entendu?

BETTY.

Je me préparais suivant mon usage à faire
un petit somme...

LOVEWELL.

Un somme?

BETTY.

Oui, monsieur, un petit somme; car je
veille beaucoup mieux comme cela que tout
éveillée; et comme j'avais arrangé ce mouchoir autour de ma tête, de crainte d'attraper mal à l'oreille par le trou de la serrure,
je crus que j'entendais une sorte de bourdonnement. Je croyais d'abord que c'était un
cousin et je cherchais à l'attraper.

FANNY.

Bien, bien, — et alors?

BETTY.

Et alors, madame, quand j'entendis M. Lovewell parler un peu haut, le bourdonnement
devint plus haut aussi, et ôtant mon mouchoir tout doucement, j'entendis cette sorte
de bruit.

*(Elle fait une espèce de bruit indistinct comme
de personnes qui parleraient à voix basse.)*

FANNY.

Et que disaient-ils?

BETTY.

Oh! je n'ai pu entendre un mot de ce qu'ils
disaient.

FANNY.

La porte extérieure est-elle fermée?

BETTY.

Oui, madame, et j'ai mis le verrou,
crainte de surprise.

FANNY.

Pourquoi donc? Ils vous auront entendu,
s'ils étaient cachés.

BETTY.

Je l'ai fait exprès, madame, et j'ai toussé
un peu pour les empêcher d'entendre la voix
de M. Lovewell; quand je me suis tue, ils
ont gardé le silence aussi, et je suis venue vous
le dire.

FANNY.

Que ferons-nous?

LOVEWELL.

Ne craignez rien; au pis-aller notre dénouement ne sera qu'un peu précipité. —
Mais Betty a peut-être rêvé ce bruit. — Elle
est de la conspiration, et toujours prête à
faire un homme d'une souris.

BETTY.

Je puis distinguer un homme d'une souris

aussi bien que les gens qui valent mieux que
moi. — Je suis triste, monsieur, que vous
pensiez si mal de moi.

FANNY.

Il vous loue au contraire, Betty; ne faites
pas la folle! — Maintenant que vous avez
donné carrière à sa langue, elle ne cessera
plus de parler. Je vais écouter moi-même.

(Elle sort.)

BETTY.

Je ne céderai la place à aucune fille pour
la fidélité et le travail.

LOVEWELL.

Vous êtes la première fille du monde pour
l'un et pour l'autre, et j'espère vous récom-
penser bientôt.

BETTY.

Je ne suis pas une fille mercenaire. — Je
sais vivre de peu.

(Rentre Fanny.)

FANNY.

Tout paraît calme. — Si vous rentriez
dans votre chambre, Lovewell? — Je serais
bien plus tranquille, — et demain nous serons
préparés à parler.

BETTY.

Vous parlerez si vous voulez; pour moi, je
continuerai d'être discrète.

LOVEWELL.

Si je vous quitte et qu'ils soient encore à
faire le guet nous perdons l'avantage de notre
délai. D'ailleurs il faut nous consulter sur l'affaire de demain. Que Betty retourne dans sa
chambre; fermez la porte extérieure sur elle;
nous pouvons assurer celle-ci; et quand elle
croira tout en sûreté, elle peut revenir et
me reconduire comme les autres fois.

BETTY.

Irai-je, madame?

FANNY.

Non; faites ma volonté ce soir et com-
mandez ensuite pour toujours. Je ne voudrais
pas qu'on vous surprenne ici pour tout au
monde. Laissez-moi à moi-même, je vous en
conjure.

LOVEWELL.

Je ne vis que pour vous plaire, ma chère
Fanny! je pars à l'instant.

(Il s'éloigne.)

FANNY.

Laissez-nous d'abord écouter à la porte. Si
vous étiez intercepté! Betty ira la première,
et s'ils la surprennent...

BETTY.

Ils seront bien attrapés.

FANNY, *à Betty qui sort en courant.*

Doucement, — doucement, Betty! ne vous
hasardez pas dehors si vous entendez du

bruit ; doucement, je vous en prie. Voyez, monsieur Lovewell, les effets de l'indiscrétion.

LOVEWELL.

Mais l'amour, Fanny, fait tout excuser.

(Ils sortent tous sur la pointe des pieds.)

SCÈNE II.

Un corridor conduisant à plusieurs chambres à coucher.

Entre MISS STERLING, *conduisant par la main* MISTRESS HEIDELBERG, *en bonnet de nuit.*

MISS STERLING.

Par ici, ma tante, et vous allez tout savoir.

MISTRESS HEIDELBERG.

Mais, ma nièce, — réfléchissez ; — ne me conduisez pas dans ce costume ; laissez-moi passer ma baigneuse ! Si milord ou quelqu'un de ces messieurs du barreau n'était pas endormi, vous m'exposez à une grande confusion, ma nièce.

MISS STERLING.

Mais, ma bonne tante, un moment est un siècle dans ma position. Je suis certaine que ma sœur est dans cette chambre à comploter ma disgrace et ma ruine !

MISTRESS HEIDELBERG.

Doucement, doucement, Betsy ! — Vous êtes tout émue, mon enfant ! — vous en perdez le boire, le manger et le sommeil. — Calmez-vous, mon enfant ; soyez aussi sage qu'ils sont méchants, ou nous déshonorons la famille.

MISS STERLING.

Mais nous sommes déjà déshonorées, madame. Sir John Melvil m'a abandonnée ; milord ne s'inquiète que de lui-même ; s'il porte intérêt à quelqu'un, c'est à ma sœur ; mon père, pour faire un meilleur marché, me livrerait à un courtier de change. — Si vous aussi, madame, vous cessez d'être mon amie, — si je dois perdre toutes mes espérances et ma consolation, — si vous me retirez votre tendresse, — j'aime mieux tout abandonner à la fois. — Laissez ma sœur jouir des fruits de sa trahison, — fouler aux pieds les droits de sa sœur aînée, la volonté de la meilleure des tantes, — et la faiblesse d'un père intéressé.

(Pendant tout ce discours elle affecte de fondre en larmes.)

MISTRESS HEIDELBERG.

Allons, Betsy, où est votre courage ? — Je n'aime pas les lamentations. — Je suis votre amie, — comptez sur moi en toute occasion ; — mais calmez-vous, et dites-moi ce que vous avez découvert.

MISS STERLING.

Je n'avais pas envie de dormir et je ne voulais pas me déshabiller, sachant bien que ma perfide sœur ne se reposerait pas avant de m'avoir désespérée. — J'étais si agitée que je ne pus rester dans ma chambre ; mais quand je supposai toute la maison endormie, j'envoyai ma femme de chambre à la découverte. Elle revint à l'instant et me dit que les ennemis étaient en grande consultation ; qu'elle avait seulement entendu, comme il faisait noir, la femme de chambre de ma sœur conduire sir John Melvil chez sa maîtresse et fermer la porte de sa chambre.

MISTRESS HEIDELBERG.

Et comment vous êtes-vous conduite dans cet embarras ?

MISS STERLING.

Je suis retournée avec elle et j'ai bien entendu la voix d'un homme, mais je ne pouvais distinguer ce qu'on disait. Maintenant vous pouvez en être certaine ; sir John Melvil est dans cette chambre, tout est arrangé, et demain matin ils s'enfuiront ensemble, si nous ne les prévenons pas.

MISTRESS HEIDELBERG.

L'effrontée ! le mari de sa sœur (c'est-à-dire celui qui doit l'être) enfermé dans sa chambre, et la nuit ! la seule pensée m'en fait trembler !

MISS STERLING.

Chut ! madame, j'entends quelque chose.

MISTRESS HEIDELBERG.

Vous m'effrayez ! — Laissez-moi passer ma baigneuse. — Je ne voudrais pas, pour tout au monde, être aperçue dans cet état.

MISS STERLING.

Il fait noir, madame, vous ne pouvez être vue.

MISTRESS HEIDELBERG.

Je vous le proteste, ma nièce ; je vois venir une chandelle et un homme aussi.

MISS STERLING.

Ce n'est rien que des domestiques ; retirons-nous un moment.

(Elles se retirent. — Entre Brush à moitié ivre, entraînant la fille de chambre, qui a une chandelle à la main.)

LA FILLE DE CHAMBRE.

Finissez ! finissez ! monsieur Brush ; je me trouve mal de frayeur !

BRUSH.

Mais, ma charmante, mon adorable fille de chambre, si vous n'avez pas d'amour, prêtez un peu l'oreille à la raison ; cela ne peut faire aucun tort à votre vertu.

LA FILLE DE CHAMBRE.

Mais vous me faites tort, vous me faites le plus grand tort ; je vous en prie, laissez-moi je suis perdue si on vous entend ; je tremble comme la feuille.

BRUSH.

Mais on ne nous entendra pas ; si vous êtes perdue, c'est de votre faute, et vous pouvez faire votre fortune, petite idiote! Je vous le répète donc, si vous n'avez pas d'amour, écoutez la raison.

LA FILLE DE CHAMBRE.

Je suis étonnée de votre impudence, monsieur Brush. Me traiter de cette manière! Est-ce là comme vous me tenez compagnie? Vous êtes un mauvais sujet, je m'en aperçois; c'est le vin qui vous rend si audacieux.

BRUSH.

J'en jure par le ciel! je ne crains que vos rigueurs, fille de chambre enchanteresse; je suis un peu électrisé, j'en conviens. Le Porto de votre maître est si capiteux, qu'il tourne aisément la tête d'un buveur de Bordeaux et de Champagne.

LA FILLE DE CHAMBRE.

Ne me maltraitez pas! miséricorde! Je serai ruinée! — Que deviendrai-je?

BRUSH.

Je prendrai soin de vous : j'en atteste l'honneur!

LA FILLE DE CHAMBRE.

C'est bien mal à vous de me traiter ainsi. — Je vais crier, ou laissez-moi. Voilà la chambre de miss Sterling, celle de miss Fanny, celle de mistress Heidelberg.

BRUSH.

Celle de milord Ogleby, et celle de madame? comment l'appelez-vous! Je me moque de tous ces gens-là quand je suis sobre, à plus forte raison quand j'ai une pointe de vin, — et une pointe qui peut compter.

LA FILLE DE CHAMBRE.

Honte pour vous, monsieur Brush! Vous m'effrayez; — vous n'avez pas de modestie.

BRUSH.

Comment! mais j'en ai beaucoup, aimable nettoyeuse de toiles d'araignée! — Par exemple : je respecte miss Fanny. — C'est un morceau délicieux et digne d'un prince. Avec toute mon horreur du mariage, je me déciderais à l'épouser moi-même; — mais pour la sœur...

MISS STERLING.

Par ici, par ici, madame, nous les tenons!

LA FILLE DE CHAMBRE.

Miséricorde! monsieur Brush, j'entends quelqu'un.

BRUSH.

Des rats, je suppose, occupés à ronger les poutres vermoulues de cet exécrable donjon. S'il m'appartenait, je le ferais abattre, et

avec les décombres je comblerais le canal.

LA FILLE DE CHAMBRE.

Bon Dieu! bon Dieu! quel blasphème! N'avez-vous pas peur que la maison ne croule sur nous?

BRUSH.

Non, non, elle durera aussi long-temps que nous. — Mais, comme je disais, la fille aînée, — miss Jésabel...

LA FILLE DE CHAMBRE.

Est une jeune personne charmante, malgré votre mauvaise langue.

BRUSH.

Non. — Nous l'avons déjà flairée ; et à moins qu'elle n'épouse le vieux Suisse, elle n'aura personne de nous. — Non, non, personne; nous avons trop bon goût.

LA FILLE DE CHAMBRE.

Vous êtes un grand vaurien, monsieur Brush, et je méprise ce que vous dites.

BRUSH.

Pourquoi donc, ma belle enfant? Je suis un peu mauvais sujet; c'est plus fort que moi, et si vous n'avez un peu pitié de moi, j'enfonce cette porte et j'enlève miss Heidelberg.

MISTRESS HEIDELBERG, *s'avançant vers lui.*

Ah! c'en est trop. — Quoi, monstre de débauche!

LA FILLE DE CHAMBRE.

Je suis perdue!

BRUSH.

Mistress Heidelberg! le diable en personne!

(*Il se sauve.*)

MISS STERLING.

Joli entretien que vous aviez là avec ce mauvais sujet!

MISTRESS HEIDELBERG.

Jolie heure de la nuit pour être avec ce monstre ivre!

MISS STERLING.

Qu'avez-vous à dire pour vous justifier?

LA FILLE DE CHAMBRE.

Je ne peux dire un mot. — Je suis si effrayée et si honteuse; — mais en vérité je suis vertueuse, — je suis vertueuse en vérité!

MISTRESS HEIDELBERG.

Bien, bien! — Ne tremblez pas ainsi; mais dites-nous tout ce que vous savez de l'horrible complot.

MISS STERLING.

Oui, nous vous pardonnons si vous avouez tout.

LA FILLE DE CHAMBRE.

De grace, madame, ne me faites pas trahir les autres domestiques, — car je ne saurais dormir dans mon lit si je parle.

MISTRESS HEIDELBERG.

Et si vous ne parlez pas, vous coucherez demain où vous voudrez.

LA FILLE DE CHAMBRE.

Oh! madame; mon Dieu! que faut-il faire?

MISTRESS HEIDELBERG.

Tout avouer à l'instant, ou je vous chasse sur l'heure.

LA FILLE DE CHAMBRE.

Eh bien! madame, le sommelier nous a régalés ce soir, voyez-vous, et M. Brush a voulu que nous fissions une espèce de fête cette nuit.

MISS STERLING.

Une fête! et à quelle occasion?

LA FILLE DE CHAMBRE.

J'ai seulement fait comme les autres, madame.

MISS STERLING.

Bien, bien! mais pour quelle raison?

LA FILLE DE CHAMBRE.

Mon Dieu! madame, il y avait, disaient-ils, un changement dans la famille. Ils disaient que Son Honneur, sir John, devait épouser miss Fanny au lieu de Votre Honneur.

MISS STERLING.

Et vous faisiez une fête pour cela? — Parfait, en vérité!

LA FILLE DE CHAMBRE.

Ce n'est pas moi qui la faisais, madame!

MISTRESS HEIDELBERG.

Mais ne savez-vous rien de la fuite de sir John avec miss Fanny, cette nuit même?

LA FILLE DE CHAMBRE.

Non, en vérité, madame.

MISS STERLING.

Ne savez-vous pas qu'il est à cette heure enfermé dans la chambre de ma sœur?

LA FILLE DE CHAMBRE.

Non, madame, aussi vrai que j'espère en votre miséricorde.

MISTRESS HEIDELBERG.

Il faut en finir à l'instant. — Courez chercher mon frère Sterling.

LA FILLE DE CHAMBRE.

Maintenant, madame? Mais il est si tard! madame.

MISTRESS HEIDELBERG.

Dites-lui qu'il y a des voleurs dans la maison, — que la maison est en feu; — dites-lui qu'il vienne à l'instant; — courez, courez, vous dis-je.

LA FILLE DE CHAMBRE.

J'y cours, j'y cours, madame. Je suis effrayée à en perdre l'esprit.

MISTRESS HEIDELBERG.

Veillez ici, ma chère; je vais réparer mon désordre pour leur faire face à tous. Nous leur opposerons ruse contre ruse, complots contre complots.

(Elle rentre dans sa chambre.)

MISS STERLING.

Je préfère cette vengeance au titre de comtesse. — Ah! ils ouvrent la porte. — Voici le moment!

(Elle se retire.)

(On ouvre la porte de Fanny, et Betty sort avec une chandelle. Miss Sterling s'approche d'elle.)

BETTY, *appelant.*

Monsieur! monsieur! — Il est temps maintenant. — Personne dans le corridor. *(apercevant miss Sterling.)* Attendez! attendez, — pas encore; — nous sommes surveillés.

MISS STERLING.

Oui, vous l'êtes, mademoiselle Betty.

(Miss Sterling saisit Betty par le bras; celle-ci ferme la porte et met la clef dans sa poche.)

BETTY, *se retournant.*

Qu'y a-t-il, madame?

MISS STERLING.

C'est à vous de l'apprendre à papa et à ma tante, mademoiselle Betty.

BETTY.

Je ne suis ni bavarde, ni déshonnête, madame; vous ne tirerez rien de moi.

MISS STERLING.

Vous avez bien du courage, mademoiselle Betty, et il en faut pour garder de pareils secrets.

BETTY.

Ma maîtresse ne se repentira pas de sa bonne opinion de moi, madame.

(Entre M. Sterling.)

STERLING.

Que me voulez-vous? Voyons; parlez; pourquoi me trouble-t-on ainsi?

(Rentre mistress Heidelberg, avec une autre coiffure.)

MISTRESS HEIDELBERG.

Maintenant me voilà prête à la rencontre. — Eh bien! mon frère, êtes-vous instruit de cette scène d'horreurs?

STERLING.

Moi! ma sœur, non. — Mais qu'y a-t-il? Parlez. — J'étais dans mon alcôve et les avocats dans leurs lits; je commençais à m'assoupir dans le dédale des hypothèques de lord Ogleby, quand une idiote de servante est venue me donner l'alarme. A peine pouvait-elle parler; voyons, ma sœur, qu'avions-nous à craindre? Le feu, les voleurs, un meurtre, un enlèvement?

MISTRESS HEIDELBERG.

Grace au ciel, personne n'est encore enlevé, mon frère! — Mais tout le monde s'y prépare, je crois.

MISS STERLING.

Qui est dans cette chambre?

(tenant Betty qui cherche à s'évader.)

BETTY.

Ma maîtresse.

MISS STERLING.

Et avec qui est votre maîtresse?

BETTY.

Et avec qui donc serait-elle?

MISS STERLING.

Ouvrez la porte et nous verrons.

BETTY.

La porte est ouverte, madame. (*Miss Sterling s'approche de la porte.*) J'aimerais mieux mourir que lui donner ma clef.

(*Elle se sauve.*)

MISS STERLING.

La porte est fermée et elle a la clef dans sa poche.

MISTRESS HEIDELBERG.

A cette impudence, mon frère, on reconnaît les leçons de Fanny!

STERLING.

Par tous les diables! qu'est-ce que tout cela?

MISTRESS HEIDELBERG.

Ce qu'est tout cela, mon frère? Eh bien! mon frère, sir John Melvil est enfermé dans la chambre à coucher de votre fille.

STERLING.

Dans la chambre de ma fille! c'est très mal à lui.

MISTRESS HEIDELBERG.

Et il y est depuis long-temps.

STERLING.

Eh bien!

MISTRESS HEIDELBERG.

Eh bien! Dieu! quel homme! eh bien!… A l'instant je fais lever toute la maison, et aux yeux de milord, de toute la famille et des avocats…

STERLING.

Dieu vous en garde! ma sœur, nous nous exposerions. — Le meilleur moyen est d'agir secrètement… — Laissez-moi seul, il l'épousera demain matin.

MISS STERLING.

Demain matin! ah! c'est trop fort, mon père! — Vous avez dépouillé tout sentiment d'affection; je ne vous dois plus d'obéissance; les pères dénaturés rendent les enfants dénaturés. Ma vengeance est en mon pouvoir et je l'obtiendrai. Leur fuite m'exposerait à la dérision universelle; mais ils ne m'échapperont pas. La dérision dont ils me menaçaient retombera sur eux. Au secours! au secours! au voleur!

MISTRESS HEIDELBERG.

Bravo! Betsy, bravo! ma nièce.

STERLING.

Mon Dieu! vous gâtez tout, — Betsy! — Vous allez réveiller toute la maison. — Elle a le diable au corps.

MISTRESS HEIDELBERG.

Non, non; c'est vous qui avez le diable au corps, mon frère. — Vos principes me font horreur. — Quoi! vous faire le complice de votre fille! la souffrir enfermée avec le mari de sa sœur. Au secours! au secours! au voleur! au voleur!

STERLING.

Ma sœur, je vous en supplie! — Ma fille, je vous l'ordonne. — Si vous oubliez mes intérêts, songez aux vôtres. — Nous allons perdre cette occasion d'ennoblir notre sang et un bénéfice de plus de vingt pour cent.

MISS STERLING.

Par ma disgrace et le triomphe de ma perfide sœur! — J'ai l'esprit au-dessus de ces lâches considérations, et je vous montrerai que l'ame de votre fille n'est pas une ame vulgaire, une ame vile et digne de Change-Alley. — Au secours! au secours! au voleur! au voleur!

STERLING.

Chut! chut! épargnez vos poumons. — La maison est en rumeur. Oh! ces femmes, elles n'ont pas de frein; dans leur colère elles incendieraient une maison; elles s'y brûleraient elles-mêmes plutôt que de renoncer à leur vengeance.

(*Entre Canton en robe de chambre et en pantoufles.*)

CANTON.

Eh! tiaple, quelle est la raison te ce crand pruit, te ce tintamarre?

STERLING.

Demandez à ces dames, monsieur, c'est leur ouvrage.

OGLEBY, *appelant dans la coulisse.*

Brush! Brush! — Canton! où êtes-vous? — Qu'y a-t-il? (*Il sonne.*) Où êtes-vous?

STERLING.

C'est milord qui appelle, monsieur Canton.

CANTON.

Ché fiens, milort.

(*Canton sort. — Lord Ogleby continue de sonner.*)

FLOWER, *appelant dans la coulisse.*

De la lumière! de la lumière! Où sont les domestiques? De la lumière pour moi et mes confrères.

MISTRESS HEIDELBERG.

De la lumière par ici! de la lumière aux avocats!

(*Sterling sort.*)

MISTRESS HEIDELBERG.

Mon frère s'anime enfin, je le vois. — Tout va bien. Le tour de votre sœur va venir. Des lumières! des lumières!

MISS STERLING.

Qu'elle soit confondue; c'est le seul bonheur qui me reste.

(Entre M. Sterling, avec des lumières; il précède l'avocat Flower, un pied botté et l'autre en pantoufle, et son confrère Traverse.)

STERLING.

Par ici, monsieur l'avocat! par ici, messieurs!

FLOWER.

Mais, monsieur Sterling, il n'y a pas de danger, je l'espère? Sont-ils entrés avec effraction? êtes-vous en mesure de leur résister? Ces voleurs me font une peur à l'époque des assises! Ils seraient particulièrement sévères pour nos messieurs du barreau.

TRAVERSE.

Point de danger, monsieur Sterling;—pas de délit, j'espère?

STERLING.

Aucun, messieurs, qui ne soit de la façon de ces dames.

MISTRESS HEIDELBERG.

Vous serez honteux d'apprendre, messieurs, que tous vos travaux se trouvent perdus.—Sir John Melvil est à cet instant enfermé sous clef avec la sœur cadette de cette jeune dame.

FLOWER.

La chose est un peu singulière, je l'avoue; mais fallait-il pour cela nous réveiller en sursaut? Ne pouvions-nous pas juger cette cause demain matin?

MISS STERLING.

Mais, monsieur, demain matin peut-être votre assistance même nous devenait inutile. — Les oiseaux maintenant en cage étaient envolés sans retour.

(Entre lord Ogleby, en robe de chambre, en bonnet de nuit; il est appuyé sur Canton.)

OGLEBY.

J'aimerais mieux perdre un membre que mon sommeil d'une nuit. Pourquoi tous assemblés? que voulez-vous tous?

STERLING.

Hé! hé! milord aussi!

OGLEBY.

Que signifient ces cris et ces glapissements? Où est ma chère Fanny? en sûreté, je l'espère?

MISTRESS HEIDELBERG.

Votre angélique Fanny, milord, est maintenant enfermée sous clef dans cette chambre avec votre angélique neveu.

OGLEBY.

Mon neveu!—Hé, hé! je veux être excommunié si...

MISTRESS HEIDELBERG.

Votre neveu, milord, complotait de s'enfuir avec miss Fanny, miss Fanny de s'enfuir avec votre neveu. Et si nous n'avions pas veillé sur eux et alarmé la maison, ils seraient, à l'heure qu'il est, en route pour l'Écosse.

OGLEBY.

Écoutez, mesdames! Je sais que sir John a conçu pour miss Fanny une passion violente, et je sais que miss Fanny a conçu aussi une violente passion, mais pour une autre personne; et je suis si convaincu de la droiture de ses sentiments que je les soutiendrais envers et contre tous, de ma fortune, de mon honneur et de ma vie. — Eh! qu'en pensez-vous, monsieur Sterling, *(souriant,)* que dites-vous?

STERLING, *tristement.*

Certainement, milord. *(à part.)* Ces femmes ont tout détruit avec leurs cris.

OGLEBY.

Mais voyons; je vais finir cette affaire d'un coup de temps. — Si de votre côté, mesdames, vous promettez de vous calmer; si monsieur Sterling garantit miss Fanny de toute violence, je m'engage à lui faire quitter son doux oreiller par un mot à travers le trou de la serrure.

MISTRESS HEIDELBERG.

Les infâmes créatures! Je vous en prie, milord, enfoncez la porte.

OGLEBY.

Moins de précipitation, ma chère mistress Heidelberg. Maintenant, à notre épreuve!

(Il s'approche de la porte.)

MISS STERLING.

Maintenant que vont-ils faire? Comme mon cœur bat d'impatience!

(Entre Betty.)

BETTY.

Il est inutile de briser la porte, milord; nous n'avons rien fait dont il y ait à rougir, et ma maîtresse peut se présenter sans crainte à ses ennemis.

(Elle va pour ouvrir la porte.)

MISTRESS HEIDELBERG.

Quelle impudence!

OGLEBY.

Le mystère augmente. *(à Betty.)* Femme de chambre, ouvrez cette porte et priez sir John Melvil, car ces dames veulent qu'il soit ici, de paraître et de se justifier du crime de haute trahison à lui imputé. — Huissier, appelez sir John Melvil en cour.

(Sir John Melvil entre d'un autre côté.)

SIR JOHN.

Me voici, milord.

MISTRESS HEIDELBERG.

Miséricorde!

MISS STERLING.

O comble d'étonnement!

SIR JOHN.

Pourquoi cette alarme et cette confusion? Quelle en est la cause?

OGLEBY.

Vous avez été dans cette chambre. Que dis-je? vous y êtes en ce moment. Ces dames le prétendent; oserez-vous le nier?

TRAVERSE.

C'est le plus clair alibi dont je me souvienne, monsieur l'avocat.

FLOWER.

Luce clarius.

OGLEBY.

D'honneur! mesdames, si vous avez souvent de ces lubies, on passerait gaîment tout un été avec vous. Mais procédons. (*à Betty.*) Ouvrez la porte et priez votre aimable maîtresse de sortir et de dissiper d'un sourire jusqu'aux plus légers nuages.

BETTY, *ouvrant la porte.*

Madame, on vous demande.

(*Entre Fanny, toute confuse.*)

MISS STERLING.

Vous voyez; sa toilette est toute faite, et dans quelle confusion!

MISTRESS HEIDELBERG.

Prête à s'embarquer avec son bagage! Son impudence me met hors de moi!

FLOWER.

Silence à l'audience, mesdames!

FANNY.

Oui, madame, je suis confondue!

OGLEBY.

Ne vous laissez pas courber par l'orage, mon beau lis! Mais avec la modestie qui vous est propre, faites l'aveu de vos sentiments; — faites pénétrer la conviction dans leurs oreilles et le ravissement dans la mienne.

FANNY.

Je suis en ce moment la plus malheureuse, la plus à plaindre, — et la force me manque pour révéler un secret qui a fait le tourment de... (*Elle s'évanouit.*)

OGLEBY.

Elle se trouve mal! Au secours, au secours de la plus belle et de la plus aimante des femmes!

BETTY, *courant à elle.*

O ma chère maîtresse! Au secours! au secours!

SIR JOHN.

Ah! laissez-moi voler à son assistance!

LOVEWELL, *se précipitant hors de la chambre.*

Fanny en danger! C'en est fait! la prudence serait un crime. Voilà le fatal résultat de toutes ses peines! — Parlez, parlez, parlez-moi, Fanny! — Que j'entende cette voix! Ouvrez les yeux! Oh! donnez quelque signe de vie!

(*Pendant ce discours tous paraissent stupéfaits d'étonnement.*)

MISS STERLING.

Lovewell! — Je suis contente.

MISTRESS HEIDELBERG.

Je suis foudroyée.

OGLEBY.

Je suis pétrifié!

SIR JOHN.

C'en est fait!

FANNY, *revenant à elle.*

Oh! Lovewell! même avec toi j'ose à peine regarder en face mon père et Sa Seigneurie.

STERLING.

Comment! vous ici? Ne vous avais-je pas envoyé à Londres?

OGLEBY.

Eh! — Comment expliquer... — Par quel droit, à quel titre avez-vous passé la moitié de la nuit dans la chambre à coucher de madame?

LOVEWELL.

D'un droit qui me rend le plus heureux des hommes, à un titre que je n'échangerais pas pour tous les trésors des rois!

BETTY.

J'en pleure à chaudes larmes d'entendre sa magnanimité.

OGLEBY.

Je suis anéanti!

STERLING.

J'étouffais de rage et d'étonnement; enfin je recouvre la voix. — Où est votre parole, Lovewell? Lovewell, vous êtes un homme sans honneur; vous m'avez manqué de foi.

FANNY.

Ne l'accusez pas, monsieur; il n'a pas trahi sa parole. — Vous lui défendîtes de penser à moi quand il n'était plus en son pouvoir de vous obéir. Nous sommes mariés depuis quatre mois.

STERLING.

Il ne restera pas quatre heures dans ma maison. Quelle bassesse et quelle perfidie! Pour vous, madame, vous vous repentirez de cette faute toute votre vie.

FANNY.

Ah! monsieur, vous ne pouvez concevoir les tortures que ma désobéissance m'a déjà fait souffrir. Je me la reprochais toujours à moi-même, et si j'ai été trop faible pour résister à l'amour,... sans votre pardon, je le sens, je serai toute ma vie malheureuse.

STERLING.

Lovewell, vous quitterez à l'instant ma maison, et vous le suivrez, madame.

OGLEBY.

Si vous les chassez de votre maison, je leur offre la mienne. Écoutez-moi, monsieur

Sterling. Il y a eu des méprises qu'il nous importe à nous-mêmes d'oublier; et le meilleur moyen de les oublier, c'est d'en pardonner la cause, et je la pardonne du plus profond de mon âme. Pauvre enfant! je jurais de défendre ses affections de ma vie et de ma fortune. — C'est une dette d'honneur et je dois la payer. Vous en juriez tout autant, monsieur Sterling; mais vos lois dans la cité vous excuseront, je suppose... car vous n'arrêtez jamais une balance de compte sans excepter les erreurs.

STERLING.

Je suis père, milord; mais dans l'intérêt de tous les autres pères je ne dois pas pardonner; cet exemple entraînerait d'autres jeunes folles à se livrer au premier venu, sans respect pour l'autorité d'un père.

LOVEWELL.

Ne craignez pas ce danger, monsieur. De jeunes femmes qui penseraient comme miss Fanny frémiraient à la seule ombre d'une faute; et quand elles connaîtraient les tourments où les expose une imprudence, son exemple, au lieu de les encourager, les sauverait plutôt du péril.

MISTRESS HEIDELBERG.

Imprudence! Il appelle cela imprudence! Jolie petite expression pour qualifier la désobéissance à sa famille!

OGLEBY.

Pour moi je cède trop à mes propres penchants pour tyranniser ceux des autres. Pauvres amants! je les plains, et vous devez leur pardonner aussi. Voyons, voyons; que ce cœur de rocher s'amollisse, monsieur Sterling!

STERLING.

Quant à cela... quant à cela, milord... — Certainement; c'est votre parent, milord. Que dites-vous, ma sœur?

MISTRESS HEIDELBERG.

Sa ruine est consommée; je lui pardonne!

STERLING.

Eh bien! je fais de même. (à *Lovewell et à Fanny, qui veulent parler.*) Point de remerciements. Tout est fini.

OGLEBY.

Mais, Lovewell, qui vous tient ainsi muet?

LOVEWELL.

Votre bonté, milord. — A peine en puis-je croire mes sens, — troublé à la fois par la crainte, la joie, l'amour, l'espoir et la reconnaissance. J'ai toujours été et je suis plus que jamais obligé envers Votre Seigneurie. Pour vous, monsieur Sterling, si tous les instants de ma vie, employés avec zèle à votre service, pouvaient compenser en quelque manière le manque de fortune, vous pourriez n'avoir pas à vous repentir de vos bontés. Et vous, mesdames, je me flatte qu'à l'avenir vous ne m'accuserez plus d'intrigue et d'artifice; je serai toujours heureux de vous complaire. — Quant à vous, sir John...

SIR JOHN.

Point d'apologie, Lovewell, je n'en mérite pas. Mon excuse de ce qui s'est passé est dans mon ignorance absolue de votre situation. Un peu plus de franchise, Lovewell, et vous auriez épargné bien des troubles à moi, à vous-même et à madame, qui, je l'espère, pardonnera ma conduite. Permettez-moi cependant de vous assurer que, tout léger et capricieux que j'aie pu paraître, maintenant que mon illusion est dissipée, j'ai assez de jugement pour rougir du rôle que j'ai joué et assez d'honneur pour me réjouir de votre félicité.

LOVEWELL.

Et maintenant, ma chère Fanny, bien qu'en apparence les plus heureux des hommes, tout notre bonheur sera compromis si, après la générosité de Sa Seigneurie et le pardon de M. Sterling, nous n'obtenons pas l'indulgence, l'approbation et le consentement du parterre, notre premier bienfaiteur.

FIN DU MARIAGE CLANDESTIN.

PUBLICATIONS

DE LA MAISON

ED. GUÉRIN ET Cⁱᵉ,

RUE DU DRAGON, N° 30, A PARIS (1).

JOURNAL DES JEUNES PERSONNES (*Troisième année*) ; une livraison paraît le 1ᵉʳ de chaque mois, imprimée sur beau papier satiné et accompagnée de lithographies, dessins de broderie, musique, etc. — Prix : 6 fr. par an pour Paris, 7 fr. 50 c. pour les départements, et 9 fr. pour l'étranger. — On ne peut s'abonner pour moins d'un an, et toujours du 1ᵉʳ janvier.

Depuis 1835 il se publie une édition ornée de six lithographies de *modes*, soigneusement coloriées (une tous les deux mois). Le prix de cette édition est de 7 fr. 50 c. pour Paris, 9 fr. pour les départements, et 10 fr. 50 c. pour l'étranger.

PRINCIPAUX COLLABORATEURS.

MM. le vicomte d'Arlincourt, Bazin, Henri Berthoud, Émile Deschamps, Jules de Saint-Félix, Léon Guérin, baron Guiraud de l'Académie française, Alphonse de Lamartine de l'Académie française, Laurentie, X. Marmier, Ed. Menechet, prince Élim Mestcherski, baron de Mortemart, Th. Muret, Charles Nodier de l'Académie française, le comte de Peyronnet, Amédée Pichot, Michel Raymond, le comte Jules de Rességuier, N. A. de Salvandy, A. Soumet de l'Académie française, de Saint-Prosper, Saint-Valry, comte Horace de Viel-Castel, etc., etc., et Mesdames duchesse d'Abrantès, Constance Aubert, de Bawr, L.-Sw. Belloc, baronne Aloïse de Carlowitz, El. Celnart, princesse de Craon, Julie Delafaye-Brehier, Desbordes-Valmore, A. Dupin, Sophie Gay, comtesse d'Hautpoul, Émilie Marcel, Menessier-Nodier, Caroline d'Oleskewitch, de Senilhes, Amable Tastu, de Tercy, Élisa Voïart, etc., etc.

Le Journal des Jeunes Personnes est arrivé à sa *troisième* année, avec un succès toujours croissant qu'explique et justifie le mérite des écrivains distingués qui concourent à sa rédaction, autant que la pureté de ses principes ; rien de plus élégant à la fois et de plus moral ne saurait être mis entre les mains des *Jeunes Personnes*, et l'extrême modicité du prix permet à toutes les mères de procurer à leurs filles cet agréable délassement.

ALBUM du Journal des Jeunes Personnes, pour l'année 1834.

C'est une charmante collection de lithographies dessinées par nos premiers artistes, sur des sujets pris dans les articles du Journal des Jeunes Personnes (2ᵉ année, 1834). Le format permet de joindre chaque lithographie à l'article dont le dessin est tiré. Prix : 7 fr. 50 c. pour Paris et les départements. — Il n'en reste qu'un petit nombre d'exemplaires. — Il reste encore aussi quelques *Album* de la 1ʳᵉ année du Journal (1833), même prix que celui de 1834.

LE LIVRE DES JEUNES PERSONNES, Extraits de prose et de vers, *choisis dans les meilleurs écrivains français anciens et mo-*

(1) On peut s'adresser à cette maison pour l'achat et l'expédition de toute espèce d'ouvrages. Une simple lettre de demande suffit, sans envoi de *fonds* ni de *mandats* ; la maison fait toucher le montant des factures au domicile des demandeurs et *sans frais*, après réception des envois. On doit dire par quel mode d'expédition on veut être servi, Roulage ordinaire, Roulage accéléré, ou Messageries.

dernes, avec une préface par M. Charles Nodier de l'Académie française. 1 vol. in-8° de plus de 500 pages, *à deux colonnes*, contenant la matière de quatre volumes ordinaires. Prix : 6 fr., et par la poste, 8 fr.

Dans nos meilleurs écrivains anciens et modernes, tout n'est pas de nature à être mis sous les yeux des jeunes personnes ; cependant, il est convenable qu'elles connaissent, au moins par quelques-unes de leurs plus belles pages, tous ceux de nos écrivains dont il ne leur serait pas permis de lire les œuvres. C'est le but qu'ont voulu atteindre les éditeurs du *Livre des Jeunes Personnes*, en leur offrant un recueil où tout est pur, où rien n'est médiocre, et dont chaque article porte pour signature un nom célèbre dans les lettres françaises, depuis et au-delà le grand siècle de Louis XIV, jusqu'à l'époque actuelle.

LE PAYSAGISTE, Cours d'études progressives de paysages, publié en *vingt* livraisons composées chacune de *cinq* dessins lithographiés par M. J. Coignet, et suivi d'un *Traité de perspective*. Prix : pour Paris et les départements, sur papier Raisin, 30 fr. ; sur papier Jésus, 36 fr. Pour l'étranger, 34 et 40 fr.

Le *Paysagiste* a pour but de mettre l'art du dessin, dans sa spécialité la plus attrayante et la plus gracieuse, à la portée de toutes les intelligences ; les dessins, au nombre de 100, dont cette charmante collection se composera, exécutés avec tout le talent qui distingue M. J. Coignet, n'ont besoin d'aucun texte explicatif. Pour les comprendre il suffit de les voir ; la marche du crayon y est assez apparente pour qu'il soit facile aux yeux les moins exercés de la reconnaître et à la main la plus novice de la suivre. Le *Paysagiste* peut dispenser d'un maître de dessin dans les villes où on ne peut en trouver ; mais là où il en existe, il peut offrir, à très modique prix, une suite d'excellents modèles qu'ils ne pourraient trouver nulle part aussi complets et qu'ils sauront d'autant mieux apprécier que le nom de M. J. Coignet est connu de tous les artistes. — *La 12ᵉ livraison a paru ;* il en paraît une tous les 20 jours ; l'ouvrage sera terminé *au mois de septembre.*

L'ÉCHO BRITANNIQUE, Revue mensuelle de la Littérature, des Sciences, des Arts et des Mœurs de la Grande-Bretagne. Année 1835 ; nouvelle série.

L'*Écho Britannique* paraît le 10 de chaque mois par livraison de *cinq feuilles* grand in-8° (80 pages à *deux colonnes*, équivalant à plus de 200 pages ordinaires) imprimé sur beau papier satiné, avec des caractères neufs fondus exprès ; chaque livraison est ornée d'une lithographie toujours dessinée par un de nos premiers artistes, et reproduisant, soit des portraits de personnages célèbres, soit des scènes de mœurs, soit des sites et des monuments de la Grande-Bretagne, ou des Indes anglaises.

Prix : pour Paris et les départements, 10 fr. pour trois mois, 18 fr. pour six mois, 30 fr. pour l'année.

Cette fixation paraîtra modique si on considère que l'*Écho*, devenu l'égal en étendue des recueils les plus volumineux, ne coûtera cependant qu'à peine la moitié de leur prix.

Les personnes qui, comme essai, ne souscriront d'abord que pour un *trimestre*, ou pour un *semestre*, n'auront à payer, pour complément de leur année, quand elles renouvelleront, que jusqu'à concurrence de 30 francs.

Les souscripteurs des départements qui prendront un abonnement d'un an n'auront *aucun envoi de fonds à faire ;* il suffira d'une simple lettre de demande (*même non affranchie*) adressée au Bureau de l'*Écho*. On fera toucher *à domicile* et *sans frais.*

Économie politique, Histoire, Biographie, Voyages, Beaux-Arts, Littérature, Mœurs, Mouvement industriel, etc. ; telles sont les grandes divisions de ce recueil, terminé par des Variétés et par un Bulletin bibliographique des principales productions de la presse britannique.

Ajouter que la direction en est confiée à M. Amédée Pichot, c'est expliquer le succès qu'il obtient et qui s'accroît à la publication de chaque livraison.